*BACON'S
ESSAYS*

培根随笔集
BACON'S ESSAYS

〔英〕弗兰西斯·培根◎著

袁红艳◎译

青岛出版社
QINGDAO PUBLISHING HOUSE

图书在版编目（CIP）数据

培根随笔集 /（英）弗兰西斯·培根著；袁红艳译. -- 青岛：青岛出版社，2017.5

ISBN 978-7-5552-5310-5

Ⅰ.①培… Ⅱ.①弗… ②袁… Ⅲ.①随笔—作品集—英国—中世纪 Ⅳ.①I561.63

中国版本图书馆CIP数据核字（2017）第108708号

书　　名	培根随笔集
著　　者	〔英〕弗兰西斯·培根
译　　者	袁红艳
出版发行	青岛出版社
社　　址	青岛市海尔路182号（266061）
本社网址	http://www.qdpub.com
邮购电话	13335059110　0532-68068026
策　　划	马克刚
责任编辑	马克刚　石坚荣
封面设计	余　微
印　　刷	北京楠萍印刷有限公司
出版日期	2018年1月第1版　2018年9月第4次印刷
开　　本	32开（880mm×1230mm）
印　　张	7
字　　数	140千
印　　数	22408-37408
书　　号	ISBN 978-7-5552-5310-5
定　　价	35.00元

编校印装质量、盗版监督服务电话：4006532017　0532-68068638
建议陈列类别　文学名著

译本序

培根于我们并不陌生，说起他，就想起格言——"知识就是力量"。

弗朗西斯·培根，出身名门，受过良好的古典教育，但早年丧父后屡屡受辱于豪门。他年轻时就以精通法律闻名一时，曾经在仕途上春风得意，历任副检察长、总检察长、掌玺大臣、大法官、上议院议长。晚年因受贿被逐出国会，身陷囹圄。

对培根是否真的受贿或卖友，指责声和申辩声不绝于耳，多年来也一直有人在考证。人们之所以对这样一位历史人物兴趣不减，主要原因不在于他曾经做过高官，而在于他为后人留下了一份丰富的精神遗产。他议论世事头头是道，人们自然也就想看看他自己到底是如何为人处世的。

培根以文学和自然哲学闻名于世，但终其一生，他的大部分时间是在从事法律事务，或沉浮于宦海。他的文学创作和哲学著作都是业余时间的产物。而正是这些哲学和文学作品，使培根名留青史。《伟大的复兴》《新工具》《自然史和实验史概论》《科学推进论》，这些著作足以奠定培根在科学哲学史上的伟大地位，充满智慧的《随笔集》几个世纪以来也一直为人称道。

欧美的随笔作为一种文学样式，是由法国散文家蒙田首创的。他于1580年出版了一本题名为"随笔"（essays）的集子，文笔轻松自然、亲切随和。培根则是第一位英文随笔作家。培根的随笔论述的题目有的跟蒙田相近，但写法迥然不同。在随后的数百年里，写随笔的大有人在，但至今却很少有人能用培根的笔法写随笔。

《培根随笔集》最早发表于1597年，后来几易其稿，多次增删，直到作者去世，仍未定稿。这五十多篇随笔是培根一生的经验汇总，虽然篇幅不大，但内涵丰富，称得上是一部人生小百科。作品的内容涉及政治、经济、宗教、爱情、婚姻、友谊、艺术、教育和伦理等诸多方面，几乎涵盖了当时人类生活的每一个角落。《随笔集》语言简洁，文笔优美，说理透彻，警句迭出，几百年来深受各国读者欢迎。作为一名学识渊博且通晓人情世故的哲学家和思想家，培根对他谈及的问题均有发人深省的独到见解。对今天的青年读者来说，读《随笔集》就像听一位睿智的老人侃侃而谈，因为《随笔集》里包含着这位先哲的思想精髓。我们可以通过这一篇篇的随笔，用培根的眼睛看到培根的那个年代，用培根的思想感受培根的那个年代。

人是复杂的，作为一个兼哲学家、文学家、法官和政治家于一身的培根，其思想尤其复杂，人们不难从他的随笔中发现面目各异的培根。

"论真理""论死亡""论善与性善"……从这些篇章中，我们可以看到一个热爱哲学的培根。

他崇尚真理，认为："人心若能以仁爱为动机，以天意为依归，以真理为轴心而不停地运转，人间真的也如天堂一般幸福。"

他参透生死:"死亡还有另一种功能,它能消除尘世的种种纷扰并开启赞美和名誉的大门。'活着时遭到别人嫉妒的人,死后将会受到人们的爱戴和思念。'"

他直指人性:"仁慈和善良,这是人类的一切精神和道德品质中最伟大的,因为善是神的品性。"

"论高位""论叛乱与骚动""论君主""论野心"……从这些篇章中,我们可以看到一个热衷于政治、深谙官场运作的培根。

他深知民为国之本,国家要想强大,关键要有骁勇善战之民,不可竭泽而渔,负重的驴子难以成为好斗的幼狮,赋役深重的百姓难以成为骁勇尚武的国民。为政既不可得罪宦室,也不可视百姓为草芥,因为肚子造反,后果最惨。如果上层的破产和下层的赤贫同时发生,那政府就更是危在旦夕。民怨之于政体,犹如气血之于人体,郁积不畅,必然遭殃。

从"论爱情""论友谊""论婚姻"等篇章中,可以看到一个富有生活情趣的培根。从"论厄运""论运气""论残疾"等篇章中,可以看到一个自强不息的培根。从"论伪装与掩饰""论谈吐"等篇章中,可以看到一个工于心计、老于世故的培根。

五十多篇随笔的内容可谓丰富各异,篇幅上却长短大致相同,多数都不超过千字,个别最长的也只有五千多字。与培根同一时代的莎士比亚在《哈姆莱特》一剧中借波洛涅斯之口说:"简洁是智慧的灵魂,冗长是乏味的枝叶、肤浅的花饰。"所以培根力求以最短的篇幅摆明事实、讲清道理,摒弃那种空洞、肤浅、絮聒的毛病,注重文字运用的深刻老练、沉重有力,几乎篇篇是警句格言层见叠出,这为文章增添了不少文学色彩,使读者读起来更觉有趣，使这本哲学书不那么死板、枯燥。这不仅展现了作者广阔的知识面，也展现了作者渊博的学问。

《培根随笔集》在英国首版后，即以趣味隽永、格言精妙而大受欢迎，多次再版重印，世界上几乎所有文字都有译本，历经四百多年而未衰，2000年还被美国公众评选为最受喜爱的十本著作之一，与《蒙田随笔集》《帕斯卡尔思想录》一起，被人们誉为欧洲近代哲理散文三大经典。它是培根大半生的思想精华，它以一篇篇随笔的形式存在着，被世人品味着，散发出无穷的魅力，吸引着一代又一代人。

此外，培根的有些观念不尽正确，甚至是错误的，以及对其他宗教的一些看法存在局限性，如《谈无神论》中的一些观点，还有一些说法，因为当时普遍缺乏社会科学等方面的正确认识，因此书中也存在谬误。尚望读者去认真辨别。

目 录

一　论真理……………………………………………… 1
二　论死亡……………………………………………… 4
三　论宗教统一………………………………………… 7
四　论报复……………………………………………… 14
五　论厄运……………………………………………… 16
六　论伪装与掩饰……………………………………… 18
七　论父母和子女……………………………………… 22
八　论婚姻……………………………………………… 24
九　论嫉妒……………………………………………… 27
十　论爱情……………………………………………… 34
十一　论高位…………………………………………… 37
十二　论胆大…………………………………………… 42
十三　论善与性善……………………………………… 45
十四　论贵族…………………………………………… 49
十五　论叛乱与骚动…………………………………… 51
十六　论无神…………………………………………… 60
十七　论迷信…………………………………………… 64
十八　论旅行…………………………………………… 66
十九　论君主…………………………………………… 69
二十　论进言与纳谏…………………………………… 75

二十一	论迟误	81
二十二	论狡猾	83
二十三	论利己之道	88
二十四	论革新	90
二十五	论利落	92
二十六	论假聪明	94
二十七	论友谊	96
二十八	论消费	104
二十九	论强大	106
三 十	论养生	116
三十一	论猜疑	119
三十二	论谈吐	121
三十三	论殖民	124
三十四	论财富	128
三十五	论预言	133
三十六	论野心	137
三十七	论假面剧与比武会	140
三十八	论人的本性	143
三十九	论习惯与教育	146
四 十	论运气	148
四十一	论放债	151
四十二	论青年与老年	155
四十三	论美	158
四十四	论残疾	160
四十五	论建筑	162

四十六	论花园………………………………………	167
四十七	论交涉………………………………………	174
四十八	论追随者与朋友……………………………	176
四十九	论请托………………………………………	178
五 十	论学问………………………………………	181
五十一	论党派………………………………………	183
五十二	论礼节与俗套………………………………	186
五十三	论赞扬………………………………………	188
五十四	论虚荣………………………………………	190
五十五	论荣誉………………………………………	192
五十六	论司法………………………………………	195
五十七	论愤怒………………………………………	200
五十八	论变迁………………………………………	203

一 论真理

"真理究竟是什么？"彼拉多曾经这样略带玩笑地问道①，然而他并没指望得到任何答案。

无疑，世上喜欢轻率、随意的人很多，他们认为坚守信念就是一种枷锁，所以要去追求思想和行动上的自由自在。此类学派的哲学家们早已成为过去②，但仍残存了一批文人墨客，他们喜欢夸夸其谈，沿袭了他们先辈的风格，但却失去了其先辈的活力。

世人喜欢谎言，不是因为发现真理的过程艰辛，也不是因为一旦掌握真理，人的思想就会受到约束，而是因为诡言谬论更能迎合人性中的恶习。针对此问题，希腊晚期哲学学派中曾经有人③做过研究，却仍对人们为何喜欢谎言百思不得其解。因为，谎言并不能使人享受到诗歌给诗人带来的乐趣，也不能像经商那样使人致富。我也不敢妄下结论，但真理就像揭露一切的白昼，使一切在烛光下半明半暗、半严肃半轻松的假面舞会、哑剧、庆典不复存在。也许，可以把真理比作无瑕的珍珠，只有在日光之下方显其夺目的光彩，并非如同钻石或红玉那样需在摇曳不定的烛光下发出五彩缤纷的光彩。寓伪于真的虚虚

---

① 见《圣经·新约·约翰福音》第十八章第三十七、第三十八节。耶稣受审时，声称他来世间的目的是为了证明真理，于是彼拉多（罗马驻犹太和撒马利亚地区总督）问："真理究竟是什么？"不过这并非一句戏言，而是以迷惘的口吻说的。

② 指古希腊怀疑论诸学派源于皮浪（Pyrrhon，前360—前272）。

③ 希腊讽刺作家卢奇安（Lucain, 120—180）曾在其《爱假论》中抨击怀疑论者。

实实总是令人十分愉悦。

人们心中存在的那些自以为是的妄想、期望、误解和幻觉等，一旦被清除，很多人的内心世界将会塞满可怜、无聊的东西，充满阴郁和疾病。难道还会有人怀疑此论断吗？曾经有位先哲严厉地指责诗歌是"魔鬼的酒"[1]，因为诗歌不仅出于幻想，而且其中有虚假的东西。正如上文所述，那些一闪而过的虚假尽管是不具有杀伤力的，但那些根深蒂固地盘踞在人们心中的虚假的危害却很大。然而，不管这些事情在世人失去判断能力时起何种作用，人们只能依靠自己去评判真理，因为真理是人性中至高无上的美德。有必要引导人们去探寻真理、理解真理和相信真理。探寻真理就是要对真理充满渴望并热情地去追求它；理解真理就是要和它如影随形；相信真理就是要享受它带来的乐趣。

上帝在创造万物时，他首先创造了知觉之光，其次是理智之光，最后又以良知的光明启示于人类。他首先让混沌而黑暗的虚空中呈现光亮，又以光明呈现于世人的面庞，如今他依然为其选民的面庞注入灵光。

有一个哲学派别虽然没有突出的成就，却产生了一位令其生色增辉的诗人[2]，他曾经说过一句极为精辟的话："站在岸边静静地远望着船舶颠簸于海上是一件快乐的事情，据守在城堡

---

[1] 圣哲罗姆（St. Jerome, 347—420）曾曰"诗乃魔鬼之佳肴"，圣奥古斯丁（St. Augustine, 354—430）则言"诗乃谬误之琼浆"。

[2] 古罗马诗人及哲学家卢克莱修在长诗《物性论》中以形象的语言阐述伊壁鸠鲁学说中抽象的哲学概念。以下引自《物性论》第二卷。

凭窗俯视两军将士鏖战脚下也是一件快乐的事情,但是站在真理的巅峰上(拥有永远清新的空气和静谧),目睹山下峡谷中各式各样的谬误、彷徨、阴霾和风雨,那才是无与伦比的真正快乐的事情。"在这样的境界上,人们一定总能抱有恻隐之心,不骄不躁。毋庸置疑,人心如若能以仁爱为动机,以天意为依归,以真理为轴心而不停地运转,人间真的也将如天堂一般幸福。

从以上神学和哲学上的真理,转向为人处世的真诚,连那些在生活上不按真理办事的人也不得不承认,正直坦白才能凸显人性之光华与荣美,虚伪行骗就好像是在金银质币中掺杂了合金,虽然此举或许更利于钱币流通,但却降低了钱币的成色与纯净。这些欺诈的行为如同蛇行的方法,只能依靠腹部,而并非脚踏实地。

阳奉阴违、背信弃义,一旦被揭发出来,是最令人蒙受羞耻的事。所以,蒙田在研究弄虚作假为什么可耻和可恨之时,极其巧妙地做了以下解释:"在仔细研究之后便可以发现,人在撒谎的时候无异于是怕人而不怕上帝的,原来撒谎是直面上帝而逃避世人的。"[1]因此,虚伪和背信弃义将成为敦促上帝对人类施行最后宣判的钟声。曾经有预言说当基督再回到人间之时,"他将在世上再也无法遇到信德"[2],即在世间找不到诚实者。此话对于虚伪和背信弃义的劣迹真可谓描述得再高明不过了。

---

[1] 见《蒙田随笔》卷二第十八篇《论说谎》。
[2] 见《圣经·新约·路加福音》第十八章第八节。

二　论死亡

大人们对死亡的恐惧犹似小孩子害怕独自走进黑暗。各种各样的有关妖魔鬼怪的故事加剧了孩子们与生俱来的恐惧,对死亡的渲染则加剧了大人们的恐惧。

诚然,与其懦弱愚陋地惧怕死亡,倒不如以一种宗教的虔诚冷静地看待死亡——将其视为去天国的必由之路和对尘世罪孽的一种偿还。

只是,那种以宗教的方式展开的关于死亡的思考中,往往掺杂着虚妄与迷信的成分。某些修道士在自诫书中写道:当人试想自己的一根手指遭受挤压折磨的痛楚时,便可以预见到死亡之时全身腐朽的痛苦。其实,人体的最致命部位未必是最敏感的部位,死亡也未必比一指受刑更为痛苦。

所以,塞内加作为一个没有受到世俗、宗教、哲学影响的哲人,他曾经说过:"与死俱来的一切,比死亡本身更为可怕。"[①]叹息和呻吟,痉挛和抽搐,惨白的面容,亲友的哭泣,黑色的丧服,沉闷的葬礼,所有这些都使死亡显得异常恐怖。

有一点值得注意,人心中的情感尽管脆弱,未必不能与死亡的恐怖相抗衡,进而战胜这种对死亡的恐惧。人性具有很多与死亡抗衡的因素,死亡也就不再那样令人畏惧。复仇之心

[①] 见古罗马哲学家、作家、道德哲学家塞内加所著《道德书简》第二十四篇。

压倒死亡,爱恋之情蔑视死亡,荣誉之尊渴求死亡,悲伤之极向往死亡,畏惧之心期待死亡。

史书中记载,奥托大帝自杀后,他的臣仆纷纷步其后尘,追随他而去①,他们的死纯粹是出于对主人无限的忠诚和爱戴。

此外,塞内加也指出两个寻死原因:苛求和腻烦。他说:"如果一个人老是重复做同样的事情,不管是勇敢的人还是贫贱的人,都会厌倦得想一死了之。"②即便你不是勇者,也不是穷途末路之人,如果反复做同样的事也会心生厌倦,感觉到生不如死。

不过要指出一点,意志坚强的人面对死亡时是非常平静与从容自若的。比如,奥古斯都·恺撒③大帝在弥留之际还向皇后说出这样的赞语:"别了,利维姬,我走了,希望你永远记住我们的婚姻生活。"提比略④在垂死之际依然在掩饰自己的病情,正如塔西佗⑤所言:"提比略体力衰竭,但虚伪依旧。"韦斯帕芗大限临头时兀自坐在凳子上戏言:"看来我正在变成神。"加尔巴在大难临头之时非常从容地说道:"砍吧,只要对罗马人民有利。"言罢便慷慨地引颈就戮。⑥塞瓦鲁斯更是视死如归,

---

① 参见塔西佗《历史》第二卷第四十九章。
② 见塞内加所著《道德书简》第七十七篇。
③ 罗马帝国第一任皇帝,公元前20年至公元14年在位,恺撒的继承人。在位期间,扩充版图,改革政治,奖励文化艺术。原名屋大维,元老院奉以"奥古斯都"(意为"神圣""伟大")称号。
④ 古罗马皇帝,公元14年至37年在位,长期从事征战,军功显赫。五十六岁继承奥古斯都皇位,在罗马古典作家笔下,他的形象被定为暴虐、好色。
⑤ 古罗马历史学家,此语出自他的《编年史》第六卷。
⑥ 见苏维托尼乌斯《罗马十二帝王传》。

他曾说:"要杀便杀,还有什么事需要我做,快点儿拿来。"① 这样的事例真是不胜枚举。

毋庸置疑,斯多葛学派的人把死亡的代价看得太严重,以致他们对死亡过于隆重,从而就使死亡显得更加可怕。曾经有人②讲得好:"死亡乃自然之一大恩惠。"也就是说,死如同生一样,乃自然之事。对婴儿而言,生之痛楚不一定亚于死之苦恼。

当人们在热切的追求中死亡的时候,就如同一个人在热血沸腾时受的伤一样,当时是感觉不到痛的。所以,一旦决心已定,执意向善时,是感觉不到死亡的可怕的。③但最为重要的是,要相信世间最幸福、最甜美的歌,就是一个人在获得了有意义的结果和期待时所说的:"万能的主啊,您现在可以遵照您的意愿,让您的仆人安然离世了。"

死亡还有另一种功能,它能够消除尘世的种种纷扰并开启赞美和名誉的大门。"活着时遭到别人嫉妒的人,死后将会受到人们的爱戴和思念。"④

---

① 见迪奥·卡西乌斯《罗马史》第六十七章。
② 引自古罗马诗人尤维纳利斯(60?—140?)《讽刺诗》第十首第三百五十八行。
③ 见中世纪意大利诗人阿里奥斯托长篇传奇诗《疯狂的罗兰》。
④ 见贺拉斯《书札》第二卷一首十四行。

三　论宗教统一

宗教信仰是使人类社会能够维系下去的主要纽带。假使宗教信仰能够统一，这个世界该有多么幸福啊。在异教徒的眼中，关于宗教的争论和分歧是前所未有的和不可饶恕的恶行。这使得异教徒更加注重宗教的仪式和典礼，而不是只看重某种永恒不变的信仰。由于他们的神学宗师都是诗人①，可以想象他们所信奉的是怎样的宗教。但是，真正的上帝却具有自己的特性，也就是说，他是一个"好忌妒的上帝"②，因此他要求对他的崇拜和信仰既不能鱼龙混杂，也不愿其他神灵来和自己一起分享。

正因为如此，我们现在要谈一谈关于教会统一的论题。例如，宗教统一的益处是什么，统一的界限在哪里，以及统一的方式和途径是什么。

宗教统一的益处，不仅在于可以达到取悦上帝这个至高无上的目标，还有两个仅次于这一点的好处：一个是针对教会以外的人而言的，另一个则是针对教会以内的人而言的。就前一点来讲，宗教内部出现异端和纷争，这是所有丑闻的罪魁祸首，比歪曲宗教仪式的规则与程序还要恶劣得多。这就如同人体关

---

①　指古希腊罗马之宗教多以诗人笔下的诸神为崇拜对象。
②　见《圣经·旧约·出埃及记》第二十章第二节至第五节中，上帝对以色列人的训示："吾乃耶和华汝等之上帝……尔辈除我之外不可再奉他神……吾乃好忌妒的上帝。"

节上的扭伤或者错位，是比被那种血液的败坏还要更加危险的事情，人类的精神也是如此。因此，要使宗教以外的人士望而却步，使宗教内的人们身在教会却急于退出的最有效方法，莫过于破坏宗教的统一了。

因此，不管在什么情况下，面对这种紧急的时刻，要是听到有人喊，"看哪，基督在田野那里"，或者又有人喊，"看哪，基督在房间里面"，这也就是说，有人在异端集会里寻找基督，还有的人在教堂外面寻找基督，这时就会有一个声音在人们耳边反复地响起："不要出去，不要出去。"①外邦人的教师②（他的工作性质使他对教外人士特别在意）曾经讲过："如果让一个异教徒听到你们那些自以为是的教义，那么他们恐怕只会觉得这里有一群疯子。"诚然，要是教会里的那些矛盾冲突被无神论者或者世俗之徒听到，那么他们对教会的印象肯定不好。他们对教会也就避而远之，不免去"坐亵慢人的座位"。③

在很久以前，一位幽默大师在他自己虚构的一套书目中提出了"异端教徒的摩尔舞"④。在讨论如此严肃问题的时候却援引了这样的例子，似乎看上去不够严肃庄重，却向世人充分展现了那些异端教徒滑稽的嘴脸。因为异端教徒中的各个派别都拥有自己不同的姿态和媚俗的功夫，对那些向来对神圣的事物不加恭敬的凡夫俗子和下流的政客来说，那肯定是会引来他们

---

① 见《圣经·新约·马太福音》第二十四章第二十五、二十六节。
② 指圣保罗。
③ 参见《圣经·旧约·诗篇》第一篇第一节。
④ 见拉伯雷《巨人传》第二部第七章。

的取笑的。

宗教的统一对教会内的人产生的主要影响就是带来了和平，在这样的和平中当然也包含了无限的神圣，这就是说：和平确立了信仰，和平激发了仁爱之心，和平升华了良心的安宁，和平把疲于争论所消耗的力气转移到了阅读、写作专论和虔诚的著作上去了。

关于宗教统一的界限，真正的确定是特别重要的。目前估计，有两种极端的看法。对某些狂热分子而言，一切和平的言论和谈吐都是面目可憎的。正如《旧约》中提到的："和平与否，耶户？"——"和平与你有何相干？站到我身后去吧。"[①] 狂热派关心的不是和平，而是拉帮结派，蝇营狗苟。反之，某些老底嘉派的信徒和那些态度冷漠的人却以为他们可以保持中立、不偏不倚，能够巧妙地运用妥协和折中的办法来协调教派间的斗争，仿佛他们真的可以在上帝与世人之间做出公平和正确的裁决。

这两个极端都必须避免。因此，如果能用以下两种意义截然不同的箴言来正确而清楚地解释救世主亲自订下的基督教的盟约，上述两个极端就可以避免。这两句箴言分别是："不是我们的朋友的人就是我们的敌人"和"不是我们的敌人的人就是我们的朋友"[②]。这就是说，要辨别和区分究竟是

---

① 见《圣经·旧约·列王记下》第九章第十八、第十九节。耶户乃以色列第十代王。

② 分别见《圣经·新约·马太福音》第十二章第三十节和《圣经·新约·马可福音》第九章第四十节。

哪些东西关系到信仰中最为核心的和最为实质的问题,哪些是不完全属于信仰的而仅仅是属于观点的、礼仪的或概念分歧的细枝末节的问题。后者在很多人看来可能是微不足道、不值一提,或认为已经被解决了的,但如果在解决这些事情的时候能够真正地少一些私心偏见,那么它就会受到更加普遍和热切的欢迎。

基于这一点,依我的想法,我想提出这样一个忠告:人们必须注意,不要由于以下提到的两种争论而使上帝的教会遭到分裂。一种争论是指所争论的问题太过无足轻重,也就是说,并不值得那样热烈地辩论甚至引发激烈的争吵。早期的一位先哲曾经指出,"基督的衣服确实无缝,但教会的衣服却五颜六色",因此他说:"衣服可以形形色色,但不可让它开裂。"① 可见统一与划一是两码事。还有一种是关于实质性问题的争论,但是最后,却往往会陷入过分的深奥和晦涩之中,这样一来就成了一件诡辩的事情,而不是反映最实质性内容的事情了。一个具备很好的判断力和理解力的人,有时会听闻那些无知的人们表达不同的意见,但是其实他心里是很明白的,看似存在很大分歧的人事实上说的是同一回事,然而他们永远不会达成共识。如果人与人之间在判断上有那么大的差距,那么我们难道不可以认为,洞悉人们心里想法的上帝完全能看出世人尽管言辞对立而用意却完全一致,从而对双方的意见都予以认可?这样争论的实质,圣保罗在他关于

---

① 基督衣袍无缝说见《圣经·新约·约翰福音》第十九章第二十三节。

同一问题的告诫中已经提出了一些警告和劝诫：

"要避免那些不虔诚的谈论，以及所谓'知识'的荒谬辩论。"①

人们创造了事实上并不存在的对立，他们还给这些对立强加上了十分确定的新的术语，结果本来应该是实义支配术语，但是事实上却变成了术语支配实义。也有两种虚假的和平或统一：一种是基于一种绝对的无知的表现，因为在黑暗之中，所有的色彩都是一致的；另一种就是，坦率承认在本质上互相矛盾的所有观念和理论，然后将真理与虚假混淆在一起，在这种情况下，真实与虚假就像出现在尼布甲尼撒王梦中的偶像的脚趾一样，一半是铁制成的，另一半是泥制成的，②铁和泥虽然可以粘在一起，但是却永远也不能融为一体。

说到宗教的统一手段，人们必须要注意的是，不能刻意地为了实现或巩固宗教的统一而肆意废除甚至破坏仁爱和人类社会的律法。基督教徒有两把利剑③：一把用于解决灵魂的问题，另一把则用于解决世俗的问题。在维护宗教的职责上，这两方面都有相当重要的功能和地位。但是，切记万万不可使用第三把剑，即穆罕默德的剑或与之相似之类。这也就是说，武力不能作为传教的途径，靠血腥的镇压来迫使人们改变信仰也是不可取的，除非真的出现了一些明目张胆的诬蔑教会、亵渎神灵

---

① 见《圣经·新约·提摩太前书》第六章第二十节。
② 希伯来先知但以理在为巴比伦王尼布甲尼撒解梦时说："既然你梦见偶像之脚乃半铁半土，那你的王国就终将分裂。"（见《圣经·旧约·但以理书》第二章四十一节）
③ 见《圣经·新约·路加福音》第二十二章第三十八节。

的事情，又或者是在宗教被掺杂于覆灭国家的阴谋诡计的时刻，方可使用武力。不可以去鼓励煽动性言论，姑息阴谋和叛乱，甚或把利剑发给各种各样蓄意颠覆那些顺应上帝旨意的政府的民众。原因在于使用武力传教，无异于用上帝所传的第一块法板去碰击第二块法板①，从而以为世人皆是基督徒，而忘记了他们是人。当诗人卢克莱修看到阿伽门家竟狠心地用亲生女儿进行祭奠时②，曾惊讶地说道：

"宗教竟然让人犯下如此可怕的罪恶。"③

但是如果他看到了法兰西那场大屠杀④，或者英格兰的火药阴谋⑤的话，他肯定会更有理由发出如此的感慨了，并且会异常坚定地反对宗教和力主无神论了！

因此，为了宗教信仰的问题而肆意挥舞那柄尘世之剑时，一定要慎之又慎。将权教之剑交给无知的民众，便是荒谬绝伦之举！这等荒唐事就留给再洗礼派⑥和其他狂热派去做吧。当魔鬼说："我要到天堂和上帝平起平坐。"⑦这固然是极大的亵渎

---

① 第一块法板记载有人对上帝承担的五项义务，第二块记有人对同类的五项义务，二者相加即为"摩西十诫"。（见《圣经·旧约·出埃及记》第二十章至第三十四章有关章节）

② 见希腊神话。

③ 引自《物性论》第一卷。

④ 指圣巴托罗缪惨案，即1572年8月24日法国天主教徒屠杀胡格诺派教徒的宗教血案。

⑤ 指1605年11月5日福克斯等罗马天主教信徒密谋炸毁英国国会大厦并炸死英王詹姆斯一世的事件。

⑥ 16世纪初在德国、瑞士和奥地利的下层民众中形成的新教派，其教义强调"千年天国"不能靠等待，要靠斗争在现世建立。

⑦ 见《圣经·旧约·以赛亚书》第十四章第十四节。

神灵的论调，但是假如使上帝人格化并让他说："我要降到地狱，与那黑暗之王颉颃。"那何尝不是更大的的亵渎神灵之举？但是，任何用宗教的名义谋杀君主、毒害人民、覆灭国家和政权，跟亵渎行为相比又好在哪里？就好比将象征圣灵的美丽高贵的鸽子变成了丑陋低俗的兀鹰和乌鸦一样，把救济苍生的行船变成了凶狠并且充满了罪恶的海盗船。

所以，教会必然靠教义和教令，君主必须靠武力、文治。君主们应该凭借其君权和一切表现基督教精神及道德力量的学识，像凭借墨丘利①的神仗一样，把那些助长以上恶行的言行通通予以诛杀和讨伐，并将其打入地狱，使其万劫不复，如同很大程度上已经做过的那样！

在所有关于宗教的理论中，没有哪句话比圣徒雅各的那句话更加凝练和高明："世人的愤怒并不能够真正体现上帝的正义！"值得注意的是，还有一位教士说了同样意义深远的话："凡是欺压别人良心和信仰的人，大多都是为了达到其自身的目的和利益！"

---

① 古罗马神话里墨丘利手持神杖招引亡魂前往阴间。

四　论报复

报复其实是一种野蛮原始的公道，人性越是倾向于这个方面，法律就越是应该将它铲除。因为当某人犯罪时，他是触犯了相应的法律，但是如果对该罪犯实施报复，就是僭越了相应的法律。

实际上，当人们对某件事情进行报复的时候，他已经成为和他的敌人一样坏的人了。而原谅的行为却能使他在道德上高人一筹，因为宽恕自己的敌人乃是君子之宽宏大量的风范。正如所罗门曾经讲过："宽恕别人的过错便是自己的荣耀。"过去的事情已经过去，时光是不可挽回的。如果是明智的人，他们不会再为过去的事情枉费心机和力气，现在和将来所要面对的事情已经足够他忙了。

没有哪一个人会为了作恶而去作恶，作恶只不过是让自己得到某些利益、快乐或荣誉等。因此我为何要为有人因爱他自己胜过爱我而愤怨呢？即便有人真的为了作恶而作恶，那只不过是像荆棘罢了，荆棘除了刺人和伤害他人，它们真的没有其他的本事。

但是，有些罪行暂时还没有法律可以追究，受害者只能采取一些报复的行为，这是最应该给予宽容的。不过必须留心注意，这种报复的实施，必须在不会再有法律对报复行为进行处罚的前提下才行。否则，这就是用加在自己身上的双重的麻烦，来换取敌人的一种麻烦,结果还是令你的对手占了便宜,因为双方受伤害的比是二比一。

很多人报复时,会有意让对方知道实施报复的理由,这还算比较豁达。复仇的痛快并不在于怎样加害对方,而在于希望对方悔不当初。但卑鄙狡猾的有如懦夫般的报复则往往想要在暗中施放冷箭。

佛罗伦萨大公科西莫①,曾经有一句话是针对忘恩负义的朋友的著名论断,说这类背叛是最不可轻饶的,"你可以在《圣经》里读到基督要我们饶恕敌人,但你绝不会读到要我们饶恕朋友"。②但是约伯的精神境界似乎要更加高远一些,他讲道:"难道我们只喜欢从上帝手里得到福报,却无法忍受上帝降灾吗?"③。

的确,一个人如果总是念念不忘报复,就会使他本来可以痊愈的伤口永远无法复合。对公仇的报复,多半会为复仇者带来幸运,比如,为了恺撒、佩尔提纳、法兰西国王亨利三世之死等④。但是对私仇的报复却完全不会如此幸运,更为糟糕的是,怀恨在心以至于不报复就不善罢甘休的人,他们的生活就有如巫婆一样,活着的时候对别人没有益处,死的时候异常凄惨。

---

① 科西莫(1519—1574)梅迪契家族成员,老洛伦佐后代,第二任佛罗伦萨公爵,第一任托斯卡纳大公,后当选为共和国首脑。
② 见《圣经·新约·马太福音》第五章第三十八节至第四十八节。
③ 见《圣经·旧约·约伯记》第二章第十节。
④ 替恺撒复仇者为屋大维,替佩尔提纳复仇者为塞维鲁,替亨利三世复仇者为法王亨利四世。

五　论厄运

"人们总是期望获得顺境带来的好处，但是更应该懂得如何品味逆境的益处。"这句话是塞涅卡的一句至理名言。的确，奇迹是超乎寻常的，它往往是在对厄运的征服过程中体现出来的。另外，塞涅卡还说过一句更为深刻的格言："同时具备人之脆弱和神之超凡，那才算是真正的伟大。"这话要是写成诗会更妙，因为在诗中，豪言壮语更受赞许。

奇迹一直是诗人们乐此不疲追求的，它事实上就是古代文人墨客奇思妙想的结晶，似乎无一不是神秘的，并且，他们的举动还有很多近乎于基督徒的情况。古代文人曾经描写过赫拉克勒斯坐在一个瓦罐上横渡大海[1]，去搭救因为盗取火种而遭到惩罚的普罗米修斯，而这不啻是对基督徒坚韧不拔的精神的生动描绘，因基督徒用自己的血肉之躯作为船去经受人世间的惊涛骇浪。

面对幸运的时候我们需要控制自己的欲望，而面对厄运时我们所需要的美德则是坚守自己的志向。就道德而言，后者比前者更难能可贵。因此，《圣经》的《旧约》中将顺境看作神赐予的恩泽，而《新约》则把逆境看作神赏赐的福祉[2]。因为上帝正是在逆境之中才会给人更大的施恩和更为明确的启示。

---

[1] 见希腊神话。
[2] 见《圣经·新约》屡言受苦即福。

如果你聆听《旧约》诗篇中大卫那美妙的竖琴①，那么你听到的并非仅仅是欢歌，它还会伴随着同样多的哀乐。而圣灵的笔对约伯所受到的苦难的记载和描述远远比对所罗门所享的福有更多的描述。

  幸运中也绝非没有恐惧和磨难，而厄运中也并非不存在慰藉和希望。在刺绣品中可以明显地看到，以暗淡的背景才可以衬托出较明丽的图案，远胜于把暗淡的花朵镶嵌于明丽的背景中。那就借助这种美景的快乐来汲取心中的欢愉吧！不可否认，美德就像名贵的香料，只有在燃烧、碾碎的时候，才会散发出浓郁的芬芳，所以顺境最能够显现出邪恶，但逆境最能够彰显出高贵的德行。

---

① 意即当你读《圣经·旧约·诗篇》的时候。

六　论伪装与掩饰

人们所说的掩饰只不过是一种权宜之策或变通之智。因为要想把握讲真话和干实事的机会,就一定要保持头脑清晰、心态坚强,无须掩饰。所以,较懦弱的一类政治家,往往才是最善于装腔作势的人。

塔西佗曾经说过:"莉维娅①既有她丈夫的智慧和能力,同时也有她的儿子深藏不露的优势。"②塔西佗还说道,当莫西努斯③鼓动韦斯巴芗④向维特利乌斯发起进攻的时候,他说:"我们需要面对的敌人,不仅没有奥古斯都明察秋毫的判断能力,而且也没有提比略的藏而不露的谨慎。"

此类智谋韬略和审慎的确是不同的习性和才能,应当加以辨别区分。

如果一个人明察秋毫到可以分辨出什么事情是应该公开的,而什么事情是不应该公开的,什么时候应该半藏半露,以及对象是哪个人,时机在哪里(这些都是塔西佗提到的治国与处世的道理),那么,掩饰伪装的习性于他就是一种不利的妨碍。

但是,一个人如果不能获得这种果断的判断能力,那么,

---

① 古罗马皇后,奥古斯都大帝的妻子,提比略的母亲。
② 以上引言出自塔西佗《编年史》第五卷第一章和《历史》第二卷第七十六章。
③ 罗马将军。
④ 罗马皇帝。

他只能故作姿态,讳莫如深。因为如果当一个人面对不能控制的困境且又不能随机应变的时候,最好采取这种看上去最为安全和最为稳妥的做法,这就好比一个人视力不好走路时蹑手蹑脚一样。当然,强者往往在处理事情的时候,不仅具有宽广坦率的胸怀,而且也拥有真实诚恳的名声。然而他们就好像那些训练有素的马匹,可以判断什么时候应该停步,什么时候需要转弯。他们能够灵巧地把握坦诚与沉默不言之间的分寸,假使他们会因不得已的情况而掩饰自己,也是不能被轻易识破的。这是因为他们坦荡诚实的名声早已远扬,让他们的掩饰几乎不被发现。

进行自我掩饰的方式有上中下三等:

第一等,不露声色,守口如瓶。沉默让他人看不出破绽,抓不住把柄。

第二等,故意施放烟幕弹,向人们散播似真似假的消息,使人难以辨明真假。也就是说故意泄露事件中无关痛痒的一部分,但其真实目的却是隐藏真相中关键的那一部分。

第三等,积极地进行掩饰,故意发布虚假的消息来掩盖真实。

关于第一等,一般情况下,守口如瓶的人往往更容易获取别人的信任。守口如瓶的神父无疑可以听到很多人的忏悔。因为没有人想要对一个多嘴多舌的人透露内心的秘密和隐私,这正像密闭的空间能够吸收更多的空气一样。人们更愿意将心中的秘密向一个能保守秘密的人倾诉。这种倾诉就像忏悔,只会使倾诉者心灵释然,不会被世人利用。简而言之就是,沉默是获取他人秘密的方式之一。

　　从另一方面讲，一个人如果赤裸裸地袒露自己的心事，就像裸露自己的身体一样，都是不雅观的。含蓄的仪态和举止更加为人所接受和尊重。不难看出，那些多嘴多舌的人都是空虚轻信之徒。他们不但要议论自己所知道的，而且更喜欢议论他们所不清楚的。因此，沉默不仅仅是策略性的，同时也是道德性的。还有一点要明白，善于沉默不仅在于能够管住自己的口舌，而且也应该学会控制自己的表情。观察一个人，首先应当观察他的面部的线条和表情，表情往往会背叛人的内心，从而泄露秘密，表情往往比语言更加引人注意和让人深信不疑。

　　关于第二等，也就是施放烟幕弹，这种谋略常不可避免地用在有秘密要保守的时候。所以在一定程度上，这个想不泄密的人首先必须是一个善于施放烟幕弹的人。因为人们大多是狡诈的，不能够容忍你保持中立，不偏不倚，不能容忍你将秘密深藏在心中而不向任何一方透露。他们会向你提出一大堆问题，还会设法诱使你开口，想方设法地挖出你心中的秘密。如果你想要避免一种违背情理的沉默，那么总会在某句话中不小心露出一些信息，也就是说，即使你在几经引诱下刻意不说，他们也能从你的沉默中品出味道，就如同从你的话语中可以打探到口风一样。至于那些支吾搪塞、闪烁其词，都只能暂时掩人耳目。因此，如果不稍稍发挥一下施放烟幕弹的本事，那么任何人都难以保守秘密，烟幕弹好歹是秘密的一层外衣。

　　最后是第三等——说谎或做伪证。我认为除某些重大且罕遇的情况之外，此做法与其说是计谋，不如说是犯罪。弄虚作假是一种恶习。这种恶习的养成原因不是生性虚伪，就是天生胆小，要不就是心中有鬼。即便一个人开始是为了掩饰一些事情而说谎，但是到了后来他会因为不使谎言被人看穿就不得不说更多的谎话来弥补了。

掩饰有三大益处：

其一，可以迷惑对手，出奇制胜地攻击敌人。但是，如果一个人的意图被识破，那么就等于向对手发出警报。

其二，可以给自己留有安全的退路。如果一个人明确宣布要行某事，就必须履行诺言，不然只会失败。

其三，谎言可以作为诱饵，洞悉对方的真实想法。因为对于一个开诚布公的人，别人很难表示反对，就索性让他继续说下去，他们只好闭上嘴巴，变成心里的放肆。对此西班牙人有一句绝妙的格言："说出一句谎话，能够得到一句誓言"，仿佛除了作假再没有办法发现真情似的。

与利均衡，伪装掩饰还有三个坏处：

第一，说谎时往往心虚，这种发虚有碍于做事时一箭中的。

第二，伪装会让朋友误会自己，从而失去伙伴，陷入孤独之中。

第三，这也是最大的害处，因为虚伪和掩饰就会损害一个人的人格，毁掉他的信誉。

所以，最佳组合，就是不仅要努力树立起自己真诚坦率的名声，养成守口如瓶的习惯，还要善于并且谨慎地运用虚伪和掩饰这个工具，以及在迫不得已时才使用的伪装能力。

七　论父母和子女

父母不会轻易表露他们的喜悦、忧伤与恐惧。欢乐他们无法说，可忧愁的地方也是难以言表的。

子女让劳苦变得甘美，但也让不幸加深。他们使父母增添了对人生的牵挂，同时也削减了对死亡的恐惧。

虽然动物也能繁衍延续，但是只有人类才能留名青史和建功立业。确实，可以见到，很多没有子女的人却成就了无数的丰功伟绩，他们虽然未能复制一种肉体，却全力以赴地复制了一种精神。故此，反而是那些没有后代的人其实是最关心后世。成家早于立业的人，他们对自己的子女十分溺爱，他们不但视子女为其族类的继承者，也视为他们事业的继承者。因此，孩子于他们就如同创造的产物。

父母，尤其是妈妈，对不同的子女常常厚此薄彼，有时甚至到了不通情理的地步。如所罗门所提到的："智慧之子使父亲欢乐，愚昧之子使母亲蒙羞。"① 常有人见到在一个子女满堂的大家族中，老大老二备受宠爱，而中间的那些子女可以说是几乎被忽略了的，而他们往往是最有出息的。

父母在零花钱上对子女的吝啬，有害无益。这会使他们渐渐地变得卑劣胆怯，精于投机取巧，甚至与一些不三不四的人

---

① 见《圣经·旧约·箴言》第十章第一节。

为伍，将来一旦有了丰足的日子，更是穷奢极欲。因此，父母若能对子女管教上十分严格，花钱上略为宽松，效果往往是最好的。

家长也好，教师或导师也罢，人们均有一个糊涂的举动，那就是在一家的年幼兄弟之间挑动竞争，这将让他们在长大以后也彼此不和睦，且家庭纠纷不断。意大利人对子女、侄子外甥或者近亲，即使他们不是亲生的，都一视同仁，这能使他们凝聚在一起。说实话，在性质上大体是一回事。有时我们会看到某个侄子，更像他的某位叔父或伯父或其他某位男性的近亲，但是却不像他自己的父亲。

为人父母者，应当把握适当的时机为子女选择他们认可的职业定位和人生所要走的道路，因为那时他们是最具可塑性的。同时，作为父母，不可过分地溺爱子女、迁就子女，别想当然地认为他们小时候所爱做的事情，将来就一定会尽心尽力地做好。

当然，如果子女的爱好和能力十分卓越超群，那么就最好不要压制他们的才华。以下这句格言还是十分有见地的："选择了最适合的路，走惯了就会轻松和舒适。"

兄弟中次幼者多半结局很好，但若做哥哥的继承权被剥夺了，则做弟弟的这种幸运，就难以保全甚至不复存在了。①

---

① 作者认为为弟者自幼便知将来得自食其力，一般都学有所成并具勤俭之风，但他们一旦继承财产而富贵，就很容易弃简从奢。

八　论婚姻

　　一个男人建立了家庭之后，就会拥有妻室与儿女，这也就给命运女神送去了人质，因为妻子和孩子难免给事业走向辉煌造成阻碍，不管那是多大的善事还是多大的恶事。无可否认的是，对公众最好和最有贡献的人，大都是没有结婚或者是还没有孩子的人，因为他们在感情和财产上就像是娶了大众或者是将自己的彩礼给了大众。但是那些已经有了孩子的人，却有充足的缘由去考虑将来，他们必定向未来许下最真实和贵重的诺言。

　　有一部分人，单身的生活就是他们的最爱，所以他们只懂得关心自身，他们总认为将来与自己是没有关系的。还有一部分人，他们将妻室和儿女只看作要去偿付的累赘。更有甚者，一些很有钱而十分愚蠢的守财奴竟然因为没有子女来承袭他的遗产而感到无比自豪和欣慰，因为他们觉得那样就能够更加富贵。他们在听到别人说某个人是一个大富翁时，就会强硬地反驳道："就算是又怎么样，他的孩子那么多，他的负担自然会很重。"这就好像在说是孩子们削减了那人的财富一样。

　　但是选择独身的人常常是为了获取自由，这在那些自我陶醉而且任性的人身上表现得特别突出，这样的人对任何类型的约束都特别敏感，以至于他们竟然也会认为腰带和吊袜带成了约束自己的枷锁和脚镣。单身的人往往是诚挚的朋友、施恩的主人抑或是忠义的仆人的代名词，但是这并不代表他们完全都是忠顺的臣民，因为他们了无牵挂，能够随时迁逃，所以浪迹天涯的人差不多都是单身的人。

僧侣和道士们很需要过独身的生活，因为假如他们首先把仁爱和关怀给予了自己的家人和朋友，那么他们就很难再去普度众生。然而，各级法官是否单身并不是非常重要，原因是如果他们被人们左右而导致贪污腐化，导致这一切的多半是他的幕僚而不是他的妻子。至于士卒兵丁，我们会发现，将帅在激励部下的时候总会让他们想想自己的家庭。我认为，土耳其人对婚姻的不尊重导致了他们军队的士兵变得更为卑劣的严重后果。毋庸置疑，妻室和儿女是对人性情的一种磨炼。

那种过单身生活的人，因花销较少而常常慷慨施舍，另一方面他们却是一副铁石心肠（宜作审讯官吏），因为他们的柔情不常被唤醒。

一种优良的风俗，能够教化出情感坚定且严肃慎重的男子汉，就像尤利西斯一样，他曾经拒绝过美丽女神给予的以爱相许并愿与之分享永生的引诱，从而保持了对老妻的忠贞。

贞洁的女人常常是骄傲蛮横的，仿佛她们因其贞洁之德而有恃无恐。

如果一个女人认为自己的丈夫聪慧和优秀，那么这会是她忠贞不渝的最好保证。但如果一个女人发现她的丈夫是嫉妒和多疑的，那么她肯定不会认为他是聪明的。

在一个男人的一生之中，妻子是年轻时代的情人，中年时代的伴侣，暮年时代的守护。所以在他的一生中，可以说只要有合适的女人可以选择,那么任何时候结婚都是有道理的。

然而却有这样一个人①,在回答人应该在何时结婚这一问题时,他却说:"年轻的时候可能还不应该结婚,年老的时候则是根本不必要结婚。"而他被人们认为是智者之一。我们总是会看到不出色的丈夫却有一个非常好的妻子。这可能是因为,她们丈夫的优点很少显露,所以也就显得分外地难能可贵,又或者是因为,做妻子的因为她们的耐心而感到十分自豪,如果不好的丈夫是出于不管她们的家人和朋友们如何劝告,她们也要坚持的自愿选择,那么她们的这种耐心就永远不会消减,因为一旦消减就证实自己干了蠢事。

---

① 指古希腊哲学家泰勒斯。

九　论嫉妒

在人们各种各样的情感和欲望中,有两样东西最能让人们的心志被迷惑,这就是爱情与嫉妒。这两种感情都能激发出强烈的欲望,创造出虚无缥缈的意象,并且足以巫蛊人的心境——要是真的有巫蛊这种说法的话。

我们一样也可以看到,《圣经》中曾经把嫉妒称为"毒眼"[1],占星术士则把不吉之星力称为"凶象"[2],以至于世人直到现在还普遍认为,嫉妒时人的眼睛会投射凶恶的目光。有人则更为观察仔细,他们竟然还看到,毒眼之伤人在被嫉妒者踌躇满志或者春风得意之时最为严重,因为那种得意会让嫉妒的火苗燃烧得更加旺盛。另外,那些被嫉妒者的情绪最容易表现在脸上,所以当然也就最容易受到打击。

让我们先不理这些看上去十分玄妙的说法(尽管在适当的场合不是不值得探讨的),先来看看哪些人最容易嫉妒别人,而哪些人又最容易被别人嫉妒,还有就是公众的嫉妒和私人的嫉妒有什么区别。

道德败坏的人一定会嫉妒道德高尚的人。因为人们的心灵

---

[1] 见《圣经·新约·马太福音》第七章第二十二节。
[2] 凶象之"凶"和"毒眼"之"毒"原文均用"evil",其音、形均与 envy(嫉妒)相近。另"星力"乃一占星学术语,古代占星学认为天体相互位置之不同会产生或吉或凶的星力,这种星力会影响人事祸福。

假如不能从自己的善中吸取养料,就一定要摄取他人之恶。而那些嫉妒别人的人常常是自己本身没有优点,但也看不到他人的优点,所以他只能用破坏他人幸福的方法来让自己得到一点儿安慰。每当一个人本身缺少某种美好品行的时候,他就一定要贬低别人的那些美好的德行,以寻求心理上的平衡。

喜欢多管闲事而又喜欢打探他人隐私的那些人,他们通常也是一些喜欢嫉妒别人的人。他们之所以想了解别人的许多事情,绝非由于事情可能与他本人的利益有关,而是为了他在观察别人运气是好是坏的时候,得到了观看戏剧演出时才会产生的那种快乐。那些埋头事业的人,其实是没有工夫嫉妒别人的。因为嫉妒是一种游离的激情,它只适合于在街上闲逛着不待在家里的闲人。

所以说:"爱打探其他人隐私的人,也一定是心怀不轨的人。"

那些世袭的贵族常嫉妒飞黄腾达的新贵,因为他们之间的距离已经改变了,而这样的一切,却像视觉上的错觉一样,明明是他人在进步上升,却认为是自己被贬低了。

宦官、老人、残疾者还有私生子都是喜欢嫉妒别人的,这是因为他们实在没有办法来弥补自己的缺点,他们只能通过损伤别人作为补偿。除非有上述缺陷的人具有大无畏的英雄气节,有志于将自己的缺点变为自己荣誉的一部分,这样人们就会说:某宦官或瘸子竟创下如此殊勋伟业,如宦官纳西斯、瘸子阿偈西劳和帖木儿曾经努力创造了奇迹般的光荣。①

---

① 纳西斯,拜占庭帝国一宦官出身的将军,一生战功卓著;阿偈西劳是斯巴达国王,有"跛脚国王"之称;帖木儿堪称"一代天骄",他的传世之名 Timur Lang 在波斯语中本身就意为"跛子帖木儿"。

经受过大苦大难的人也容易嫉妒,因为他们就像时代的落伍者似的,以为只有别人遭受失败才可补偿自己曾经经历的种种苦难。因为他们这种人十分乐于将别人的失落,看作对他们自己过去所承受痛苦的一种弥补。虚荣心甚强而事事出头的人也总会产生嫉妒。在他们想争胜的某一方面,必然会有很多人要强于他们,当然就会有很多机会可以让他们产生嫉妒。哈德良皇帝就是这样的一个人,他对诗人、画家和工人们嫉妒得要命,因为他们在这些方面超越了他。

　　还有一种嫉妒产生于亲戚、同事,以及一起长大的同伴之中,人们非常容易发现如果在同辈中有人出类拔萃,这时也会产生嫉妒。因为,同辈人的突出成绩,就会招来他们针对自身运气和水平的评价,这些评论在进入他们的记忆之后总是挥之不去,而且还会引起很多他人的留意,而旁人对这种升迁的传扬往往会令嫉妒者妒意更浓。该隐对其弟亚伯的嫉妒之所以更为卑鄙邪恶,就因为亚伯的供奉被上帝悦纳时并没有旁人看见①。现在关于容易嫉妒的人就先说到这里。

　　现在我们再来讲讲那些或多或少会遭到其他人嫉妒的人。首先,有品德的人在步入老年后很少会遭到其他人的嫉妒,因为他们的幸运已经让别人觉得这只不过是他们应该获得的报偿,而应该得到的报偿是谁也不会嫉妒的,世人只会妒忌那些过于慷慨大度的奖赏和施舍。嫉妒经常会在和人攀比的时候产

---

① 据《圣经·旧约·创世纪》第四章记载,亚当夏娃有二子,长子该隐种地,次子亚伯牧羊,二人均献出产物供奉上帝,上帝悦纳亚伯之供奉,该隐心生嫉妒,遂杀其弟。

生,也可以说,如果没有攀比就没有嫉妒,因此君主是不会被其他人嫉妒的,除非嫉妒的这个人也是一位君主。不过值得注意的是,卑贱的人在飞黄腾达之初是最易受到别人的嫉妒的,但是随着时间的流逝,嫉妒会渐渐地减弱。与此相反的是,德行、人品都很高尚的人则最容易在他们的好运气连续不断的时候遭到其他人的嫉妒。因此,他们的优点虽然像以前一样,但已经不像当初那样耀眼,后起之秀的成就已经使他们的优点黯然失色了。

  出身高贵的人在得到晋升的时候,他们不会受到其他人的嫉妒,因为那无非是因为他们的出身本应该得到的,而且这种锦上添花并没有给他们带来更多的好运。而嫉妒就好像阳光一样,阳光直射在堤岸上或者陡壁上,比照耀在平地上的温度高得多,同理,那些逐级提升的人,也不会像那些突然性地、跳跃性地被提拔的人那样而遭到其他人的嫉妒。

  那些经历过苦难、忧患或冒险才获得荣耀的人,是很少受到其他人嫉妒的。因为人们认定他们赢得的光荣是来之不易的,是他们努力、拼搏、奋斗的结果,是他们应该得到的补偿和报答。人们在很多时候甚至还会怜惜他们,而怜惜的感情永远是能够治愈嫉妒的最好药剂。所以,大家应该留神那些老谋深算的政坛人物,他们在官运亨通的时候,还总是向别人倾诉,感叹自己过的是什么样的苦日子,简直就是受罪这类论调。这并不是由于他们的感觉真的是这样的,而是为了减弱他人对自己的嫉妒。不过人们能体谅的是那些依命行事的辛苦,而不是那种没事找事的忙碌,因为最能够让嫉妒增加的事情,莫过于多手多脚又野心勃勃地大权独揽了。而最能够让嫉妒减弱的方法，莫过于大领导让他的下属拥有充分的权力和应有的地位。凭借这样的手段，就可以让他筑起防止嫉妒的有效堤防。

十分显贵而看不起人的人是最容易遭到嫉妒的，因为这样的人一旦不炫耀他的富贵就会感到不舒服，结果他们或是在言谈举止上神气活现，或是要压倒竞争者。可是聪明的人们却宁愿吃点儿亏也要给嫉妒者一些实惠，让嫉妒者在与自己切身利益关系微小的事情上占上风。但是尽管这样，以下的事实仍然能够很好地说明问题，那就是：以直率坦荡的态度来享有富贵比用虚伪狡诈的态度，会更少地遭到别人的妒忌，只要那直率坦荡中没有傲慢与自负的成分，因为有着后一种态度的人从来都认为自己是十分幸运的，而那恰恰会让人觉得他自己都感到他不配享受富贵，所以正是他自己在引诱别人来嫉妒。

最后，我们来给这一段叙述做个总结：我们在文章开头的时候就说过，嫉妒的行为或多或少是有点儿巫术的性质，因而要驱除嫉妒，最有效的办法就是用驱除魔力的手段，也就是驱除掉一个"符咒"的手段，并将那个"符咒"放在另外一个人的身上。为了达到这个目的，那些聪明的大人物总是将别人推到舞台上，而让那些本来应该落在自己身上的嫉妒落在了那个人的身上，有时是落在侍卫和仆人的身上，有时是落在同级和同事的身上，而甘愿充当这样角色的人往往就是那些天性莽撞但又有事业心的人。那些人，只要能够得到权力和职位，是不会吝啬付出任何代价的。

现在且来谈谈公众的嫉妒。虽说私人间的嫉妒有百害而无一利，但公众的嫉妒却还有一点儿好处，因为它就像陶片放逐法[1]，可除去那些位高专权者，所以它对大人物亦是一种制约，可使他们循规蹈矩。

这种在拉丁语中写作"invidia"的嫉妒在现代语言中又叫"不满情绪"，关于这点我将在谈及叛乱时加以讨论。这是国家的一种疾病，就像传染病一样，如同传染病蔓延到全身上将它败坏一样，民众一旦产生这种嫉妒，哪怕是最好的国家行为也会遭到诋毁，把这些行为的名声搞得臭不可闻。哪怕再兼施一些笼络民心的措施也于事无补，因为这正好说明当局软弱无能、害怕嫉妒。而怕字当头为害更甚，就像传染病期间常见的那样，你害怕它们就等于你在招引它们。

这些公众的嫉妒似乎专攻大官重臣，而不涉及君王贵族。然而这是一条铁定的规律：如果对重臣的嫉妒严重，而他身上招致嫉妒的根由轻微，或者对一国的全体重臣产生了全面的嫉妒，那么这种嫉妒（虽然是隐蔽的）实际上是针对国家本身的。公妒或公愤，以及它和私妒的区别就谈这些，而私妒已经在前面谈及。

最后，我们再补充谈谈关于嫉妒的感情问题。在人类的所有感情中，嫉妒是一种最纠缠不清、绵延不止的感情，因为其他感情的产生和发展都有特定的时间和范围，只是偶尔发生。所以古人讲得好："嫉妒是从不休息的。"它总是在某些人的心中作乱。世人应该注意到，只有爱情和嫉妒会让人变得更加憔悴

---

[1] 古希腊的一种政治措施。公民将自己认为危及国家民主制度的人的名字写在陶片或贝壳上，进行现代意义上的投票，获票逾半数者被放逐五年或十年。

和消瘦,而其他的感情则不会产生这样的效果,原因是其他感情都不像爱情和嫉妒那样无论任何时间、空间都可以存在。嫉妒也是最为卑微、最为堕落的一种感情,它反映了魔鬼的固有属性,魔鬼就是那个趁着黑夜在麦田里散播稗种的嫉妒者[①]。一般情况下,嫉妒也总是在暗处施展诡计,犹如毁掉麦子一样,偷偷地毁掉人间的美好。

[①] 语出《圣经·新约·马太福音》第十三章第二十五节,但该节原文中并无"嫉妒者"字样。

十　论爱情

　　舞台上的爱情比生活中的爱情要美好得多。因为在舞台上，爱情总是喜剧的好材料，偶尔充当悲剧的材料。而在生活中，爱情却总是搬弄是非，有时简直就像一个海上魔女，有时则像一位复仇的女神。

　　值得我们留意的是，从古至今，所有伟大的和高贵的人物，只要是我们了解到的，几乎没有一个是因为受到爱情的引诱而变得昏庸无道的。由此可以看出，伟人们和宏大的事业确实是可以抑制这种软弱的感情。但是，有两个情况被视为例外，一个是曾经作为罗马帝国两个统治者之一的马库斯·安东尼奥斯①，还有就是作为十大执政官之一和起草以及修订法典的阿皮尔斯·克劳迪亚斯②。前者的确是一个好色之徒，故而放纵自己没有限度，但是后者却是一个老成持重的人。所以，虽然这样的情况不多见，但看起来，爱情不但可以对没有防范的心长驱直入，而且也会闯入严阵以待的心灵——假如守御不严的话。

　　智慧的伊壁鸠鲁说过一句迂论：

　　"人生不过是一个大戏台。"

　　这句话的意思像是说，一个生下来就应该仰望着天空和一

---

①　马库斯·安东尼奥斯曾与屋大维平分权力，后迷恋埃及女王克娄巴特拉七世，终招致杀身之祸。
②　阿皮尔斯·克劳迪亚斯因企图奸污民女招致杀身之祸。

切高远的人，但却往往会跪在一个渺小的偶像面前，让自己成为一个软弱的屈服者，尽管不是受制于口舌，却也受制于眼睛，而上帝赋予了眼睛，原本是为了高尚的目的。

一个值得注意的奇怪现象就是，这种感情具有过度的激情，它向事物的本质和价值提出挑战，那可真叫人不可思议。而又是因为这样，它总是用夸张的语气来说话，这夸张只有在爱情中才是适用的，而不适用于其他任何方面。它的适当不仅仅是在于语言的运用之上，正像古代的人所提到的那样："最大的奉承，人总是留给自己的。"但是无可否认，情人才是最大的阿谀奉承者。

因为再傲气的人，也不会像情人对待所爱的人那样，如此地看好自己，甚至到了一种不可置信的可笑程度。因此古代的圣人说得好："恋爱中的人们想明智是不太可能的。"这个弱势也并非仅仅是别人看得出来而被爱的那个人看不出来，除非那个爱情是两情相悦的，否则被爱的人尤其应该看得出来。

有这样一条铁的规则，爱情所能够获得的回报，要不就是得到了爱，要不就是得到了对方内心深处的蔑视。所以，人们更加应该小心对待这种情欲，因为它不但会使人丧失其他，而且可以使人丧失自己本身。至于其他方面的损失，诗人的史诗已经刻画得十分深入了，就像帕里斯更喜欢海伦而放弃了赫拉和雅典娜的礼物[①]一样。凡是沉醉于爱情之中的人们就会放弃

[①] 据希腊罗马神话传说，天后赫拉、智慧女神雅典娜和爱与美之女神维纳斯互相争美，请特洛伊王子帕里斯替她们裁决，三女神分别以财富、智慧和天下最美之女人向其行贿，帕里斯偏袒维纳斯而得美女海伦，遂引起特洛伊战争。奥维德、荷马和维吉尔都写过这段传说。

财富和智慧。

当人们的心灵最为软弱,爱情最容易侵入的时候,就是人们在呼风唤雨、忘乎所以和处境窘困、孤苦伶仃的时候。虽然在后一种情境中不容易被世人注意。其实,人们在这两种情境中都最想要急于跳入爱情的火焰中。由此看出,"爱情"的确是"愚蠢"的产物。但是有一些人即使心中有了爱情,却仍可以约束它,使它不阻碍重大的事业,这就是把爱情处理得最为妥当了。因为,一旦爱情干扰了事业的进步,它就会危害人的幸福,它就会阻碍人们坚定不移地奔向已经确定好的目标。

不知是什么原因,很多军人很容易坠入情网之中,也许这正像他们爱好饮酒一样,因为冒险的生活往往需要享乐作为报偿。

人性中可能潜伏着一种爱人的倾向,如果将爱不集中在某一个或几个人的身上,那么就必然会让更广泛的大众得到益处,使他成为一个慈眉善目和心地善良的人,就像某些修士那样。

夫妻的恩爱,使人类得以繁衍;朋友的友爱,使人性得以完善;但是荒淫无度的爱,却只会让人们走向堕落!

十一　论高位

　　身居高位的人是三重意义的奴仆：君主或王国的奴仆、声誉的奴仆、工作的奴仆。所以无论在人身上、行动上或者是时间上，他们都没有自由。

　　为了得到权力而不惜牺牲自己的自由，或者为了追求掌控他人的权力而牺牲自己，这种欲望真的是令人匪夷所思。升迁高就的过程是十分艰辛的，要经历很多的苦难，但爬得越高，得来的痛苦就会越多。而且在上升的过程中，有时不免做见不得人的事，需要借用卑劣的手段，才能谋取高位。

　　可人在较高的位置上也是待不稳当的，其下场通常是悲惨的，要么是垮台，要么是隐退，从而风头不再，其结果都可叹可悲，"既没有当年的勇敢，又何必再贪恋活在人世"。[①] 然此言差矣，居高位者往往是想退的时候又退不了，该退的时候又不肯退，退了的人更有不甘轻易隐退的，即使他已处于老弱病残之况仍不甘寂寞。就像市镇里的老人一样，偏偏要坚持坐在闹市的街头，尽管这样做只能任由他的老态龙钟被路人讽刺罢了。

　　大人物一定要借他人的眼睛才能看到自己的快乐，要是只用自己的感觉来判断，他们就体会不到自己的快乐。一旦想到别人会怎么看自己，别人对他们所处地位的关注和羡慕，

[①] 语出古罗马作家西塞罗《致友人书简》第七卷第三篇。

他们就仿佛能从这些传闻中获得快乐一样,即使他们的内心感受可能是相反的。因为他们是最早发现自己可悲的人,尽管他们又可能是最后一个看到自己不足的人。无疑,高贵的人在反观自己的时候往往都是不解的,而且他们身处事务的忙碌之中,无论是对自己的身体或是心灵上的健康,他们都没有那么多的时间去照料。正如塞内加所说:"假如一个人名扬天下,但他自己至死却一无所知,那也死得太悲哀了。"[1]

人们在位的时候有权做好事或者去做恶事。作恶是应该被诅咒的,因此对于作恶来说,最好是没有欲望而为之,其次就是没有能力而为之。但行善之权力仍是端正的、符合法律的憧憬所在。善良的意念虽可以被上帝采纳,但要是不实施,就只不过是一场好梦而已。而行善则非要以有权有势作为依托不可。

建立宏伟的事业乃是人类谋求高位的最终目的,感到功德有成方能心安理得。如果造物主与你所见略同,这是一种心灵的相通。"上帝看着一切所造的都特别好"[2],然后也就到了安息日了。

刚当上官的时候,就应该用典范作为最佳的榜样,因为仿效就是一套有效的原则。之后,就是树立你自己的典范,并严格地自己检查自己,查验是否有进步。此外也不要忽视前任失误的地方,这不是为了要诋毁前任的声名而突出自己,而是为了让自己不要再重蹈覆辙。

---

[1] 语出古罗马剧作家塞内加所著悲剧《提埃斯特斯》第二幕。
[2] 见《圣经·旧约·传世纪》第一章第三十一节。

因此，要进行改进，既不能过度声张，也不能诋毁前任，应该给自己订立规范，而且要创立后人能够效仿的优秀的先例。凡事都要追本溯源，而且要究其退化的原因。但是要顾及两点：第一，当初什么是最好的；第二，如今什么是最合适的。

行事应当力求有规矩，以便他人可以把握，但是不要太古板或者拘泥于以前的形式。在变更规矩的时候，自己应该能够对这件事解释得十分清楚。

当权者维护自己的权益，但不要卷入任何权限的纠纷之中，宁可不声不响地掌控实权，也不能争吵着去刻意地追求名分。同样也要维护下属的一些权利，通盘领导相比事事插手显然更加体面。行使职权时，进言献策一律欢迎，对待那些提供消息的人，不要将其看作搬弄是非的人而拒之门外，要耐心接纳。

当官的弊病主要有四个：拖拉、贪污、粗暴和抹不开面子。

若要避免拖拉，则须保证衙门畅通，还应该遵守约定的时间，处理手中的事情应该一鼓作气，不得已的时候绝不能和其他事情搅和在一起。

说起贪污腐化，不仅要约束自己和随从不能受贿，还要约束来求情的人也不能行贿。因为形成惯例的廉洁可约束一方，而公开昭示的廉洁和对贿赂的厌恶则可约束另一方，此举既能免错，亦可消疑隐患。凡是被人们认为反复无常，没有明确的原因，就朝令夕改，是很容易引致贪污的嫌疑的。因此，当你改变主张或者行动的时候，一定要将这些变化的理由公开地承认和宣布，不要妄想蒙混过关。值得注意的是，如果有下属或者亲信和当权者关系十分密切,而他们却没有明显的可以受器重的理由,这就很容易让人看作暗行贪污的一个旁门左道。

说到粗暴,它是一种招人记恨的事,而且是毫无必要之事。严厉让人产生畏惧,但蛮横却只能让人有怨气。即使是呵斥下级,也应该是严厉而并不是尖刻的。

抹不开面子的危害比受贿还要大。因为贿赂是偶尔为之,可当权者如果被人情关系牵着鼻子走,那他将永远也脱不了干系。就像所罗门所说的:"看人的情面,人们可以因为一块面包而枉法。"①

有古语说得十分有道理:"地位升迁就知道了他的品性。"有些人当官便更高尚,有些人就更狭隘。塔西佗论加尔巴时说:"要是他从没有做过皇帝,人家也都会推举他做皇帝。"但他论及韦斯巴芗时却说:"在所有君主中,唯有韦斯巴芗一个人是在当了皇帝之后变得更加贤明的。"虽然前面的一句是指统治的能力,后一句则是指气度和情怀。无论是哪个人,有了权位修养仍不断提高,就证明他的人格高尚、心胸宽阔。因为,权位就是或者说应当是德行的所在。犹如自然界中,万物疾动而奔其所,一旦各就各位则泰然处之。所以争斗权位时,他们的德行是沸腾的,而当权时的品行则是安定而平稳的。

所有晋升的人都好像登上一条迂回上升的楼梯一样,要是遇到派系之争的事情,不妨让自己在往上登高的时候加入其中的一派,爬上去之后就要保持中立,不偏不倚。还应该善意而

---

① 见《圣经·旧约·箴言》第二十八章第二十一节。

公平地评价前任,如果不这样做的话,就会成为一种债务,等到将来自己离开了不还也不行了。对待同事,要尊重他们,宁可在他们并不想被召见的时候会见他们,也不要在他们有事相求的时候拒见他们。在谈话和私下答复求情人的时候,不要总是想着自己的地位,摆着官架子。最好从人们的口中说出这样的话:"他坐堂议政时真像是另外一个人。"

十二　论胆大

狄摩西尼曾被问到这样一个问题:"到底什么才是演说家最重要的才能?"他回答道:"动作。""其次呢?""也是动作。""再次呢?""还是动作。"①这虽然是小学课本上的一节普通课文,却值得智者深思。

狄摩西尼作为一位伟大的演说家,对这个问题最有真知灼见,但在天分上他并不具备他所推崇的这一才能。令人匪夷所思的是,这种才能应该是演员的本事,对演说家而言只不过是表面功夫,却备受推崇,盖过其他精彩的技巧,例如独创和雄辩之才等。不仅如此,这种表面上的功夫简直好像是至高无上的,一个顶一万个一样,这听起来真叫人奇怪。而其原因却是不言自明的:在人性之中,愚钝的成分通常多于智敏的成分,因此那些令人心中愚钝的部分为之所动的本事才最具效力。

与此十分相似的是政治上的胆大。若要问到什么才是政治上首要的才干,那就是"胆大"。第二和第三呢?还是"胆大"。尽管胆大只不过是无知和无赖的产儿,根本不能够与其他治国能力相提并论。然而,它确实可以迷惑和挟制那些占绝大多数的见识短浅的和胆小的民众,而这些人占国民之最大部分,更有甚者,聪明人一时糊涂也会被其麻痹。所以我们看到,胆大

---

① 西塞罗在其《论演说家》,普鲁塔克在其《十大演说家生平》中都记述了这段故事。

在民主国家之中创下了奇迹,但是在元老制度或君主制度的国家却表现平庸。还有,胆大从来都在胆大者初次行动时比较有奇效,后来就没有什么作用了,因为胆大的行为并不能保证诺言的实现。

的确,就像江湖郎中给别人治病一样,也有江湖术士为君主献策,这类人信誓旦旦地要改革长久以来的弊病,不过他们或许只能在两三次试验里撞上好运,但他们却欠缺科学依据,所以效果终归无法持久。

另外,我们往往会看到有胆大者屡屡创造穆罕默德式的奇迹。穆罕默德希望民众相信他会召唤一座山到他眼前,然后在这座山顶为信仰他戒律的人祈祷。等大家聚集在一起了,穆罕默德一而再再而三地召唤那座山到他这里来,但是那座山却纹丝不动。这个时候,他却丝毫都不觉得难堪,反而和大家说:"要是那座山不肯来穆罕默德这里,那么穆罕默德愿意往山那里去。"所以,有些行走江湖的人,当他们承诺一件大事情而十分可耻地失败了的时候,如果胆量足够大的话,他们便可以将此敷衍,转移话题,然后就溜之大吉了。

无疑,对于见多识广的人而言,胆大妄为者只是一类可供消遣的笑柄,即便对普通人而言,胆大者也是比较离谱的。因为如果说荒唐应是嘲笑的对象,那切莫怀疑胆大包天也有几分荒唐。尤其值得一提的是,胆大者在丢面子时,他脸必然会缩成一团,呆若木鸡一般。而一般人在陷入窘境时,还有一些回旋的余地。但是胆大者在类似的情形中就进退两难了,就好像国际象棋中的王被困在僵局中一样,虽还没有被将死,但是却动弹不得。不过，这场面适合于写进讽刺的文章当中，并不适合于写进较严肃的评论里。

　　胆大的人往往都是盲目的，因为他看不见凶险和烦恼。所以，把胆大用在决策上是有害的，用在执行中是有利的。根据这一点，对胆大者应当善于发挥他们的特长，但是永远不能够让他们做统帅，只能让他们做副手，受辖于他人的命令之下。须知，事情在商议的时候最好考虑到风险，在执行时最好忽视风险，只要这些风险不是特别大就可以了。

十三　论善与性善

"善"既可以理解为造福人类的愿望,也可以理解为古希腊哲学家所谓的"仁义",而用时下流行的"人道主义精神"一词来表达"善"的意义还稍嫌不足。

善是一种习惯了的性情,而性善则为性格之倾向。仁慈和善良,是人类的一切精神和道德品质中最伟大的,因为善是神的品性。如果没有它,人类将忙碌而又有害、可怜而又可悲,比寄生虫也好不到哪儿去。行善符合神学的仁慈的精神,它可能会弄错对象,但是永远都不会过分。

过分渴求权势曾经使得天使堕落[1],过分地渴求知识也曾经让人类的祖先失去乐园[2],只有善良仁慈的德行,无论对于神还是人,都永远不会因为过分而成为危险的隐患。

向善是人性深处的烙印。向善是如此的根深蒂固,以至于这种仁爱之心如果不施之于人,也会施之于其他动物身上。就像我们在土耳其人那里看到的一样,虽然他们是一个野蛮的民族[3],对狗和鸟这一类动物却很仁慈。根据伯斯贝斯[4]的记述,

---

[1] 参见弥尔顿《失乐园》。传说撒旦本来是天使,为了篡夺上帝的位置,而坠入地狱,沦落为魔鬼。

[2] 参见《圣经·旧约·创世纪》第三章。传说人类的祖先亚当、夏娃在天堂中受到蛇的引诱,偷吃了智慧树上的果子,于是被上帝逐出了伊甸园。

[3] 这是培根对落后民族的诬蔑的论断,这反映了他的欧洲中心主义的民族观点。

[4] 著名外交官。他被斐南迪一世皇帝派往苏莱曼苏丹处做大使,在君士坦丁堡居住七年之久,著有关于奥斯曼帝国的著作。

在君士坦丁堡就因为开玩笑时塞住了一只长喙鸟的嘴,一个基督徒小孩险些被当地人用乱石砸死。

的确,人性中这种善良的特质,有的时候也会犯错。所以意大利有句很不礼貌的讽刺话:"对谁都行善则无善可言。"在意大利,大学者马基雅弗利①几乎直截了当地写下了这样的话:"基督教的信仰把人们当成软弱的羔羊,献给暴君任其宰割。"他这样说的缘由,是因为基督教比任何其他法律、宗教或学说都更强调人性的善良仁慈。为了避免由于过于善良而遭到耻辱和危险,我们需要意识到如何才能不误施善心。与人为善,但是不要被别人的厚颜和妄想所支配,使善良变成了可笑的轻信和懦弱,而这种善良恰恰捆住了老实人的手脚。我们绝对不能把一颗宝石赠予《伊索寓言》中的那只公鸡——因为一颗大麦粒反而能够让它更幸福②。

万能的上帝创下先例教导我们:"天主普照阳光,既给好人,同时也给坏人;普施雨露,为善良的人,也为了邪恶的人。但上帝绝不能将财富、荣誉和德行像阳光、雨露一样普照普施,人人均等分配。"一般的福利应该属于所有的人,而特殊的利益就必须要有所选择地分配。另外我们应该注意的是,在做好事的同时不要先伤及自己。神灵的启示是:要像爱自己那样去爱别人——"去卖光你所有的财产,赠给贫苦的人,然后跟着我走向天堂"③。但是除非你已经决定想要追随神的脚步,否则还是

---

① 意大利政治思想家,作家,主张为达到政治目的可以不择手段。
② 伊索寓言中的一个故事。
③ 见《圣经·新约·马可福音》第十章第二十一节。

不要卖光你的所有财产；除非你已经听到了神的指引，否则不要做出这么多的善行去换取非常少的结果。不然，你就好像用自身细微的泉水去灌溉填补大河一样徒劳无功。

人的内心在正理指导下的向善。但人性中还有着天然向善的倾向，当然也会有另外一面——向恶的倾向。那种鲁莽、暴躁、固执的性情和脾气还不算人性中最坏的一个方面。

最恶的天性应该是嫉妒甚至给他人造成伤害。有这样一种人，他们专门落井下石，甚至以专门给别人制造灾祸为乐——他们简直还不如《圣经》里那条为拉散路舔恶疮的恶狗①，更像那些总在烂东西上嗡嗡叫的苍蝇。这种"憎恨人类者"把引人上吊当成职业，可他们连泰门②也不如，因为他们的花园里连一棵供人上吊的树也没有。这种情况正是人性中的大恶，但这样的人在政治中可能是一块最适合的材料，就好像弯曲的木头，虽然不能做建房的栋梁，但是可以造船。船是一定要在海里沉浮颠簸的，而那些房屋却是必须要坚定稳固的。

善的方式多种多样。不过如果说一个人温和高尚，对陌生人也能彬彬有礼，那么这表明他可以成为一个"世界的公民"——因为他的心中并没有国界，他可以和五湖四海、大洲大洋相通联系。如果他可以同情其他人的痛苦与不幸，那他的心灵必定美好得如同那种即使自己受伤也要流出香液为其他人治疗伤痛的名贵树木。如果说他很容易就宽恕别人的冒犯，那就

---

① 参见《圣经·新约·路加福音》第十六章。
② 泰门，古希腊的哲学家。泰门愤世嫉俗而看不起人类，他曾经对雅典人说，在我的园中曾经有一棵树，它就要被砍掉了，如果谁愿意上吊请赶快去。

证明他的心灵也能够超越一切伤害，所以他的心不会轻易被伤害。如果他对别人对他的滴水之恩能涌泉相报，那就说明他更加重视人的心灵而不是钱财。最后，最为重要的是，如果一个人像圣保罗那样完美，为了拯救兄弟同胞甚至宁愿遭受神的诅咒——乃至不怕被逐离基督①，那么他就必定具有一种神性，进而与耶稣基督有一种共同之处了。

---

① 见《圣经·新约·罗马》圣保罗说："为了我的弟兄，我的骨肉，就是自己被诅咒，为基督分离，我也甘愿。"

十四　论贵族

当我们论及贵族这个话题的时候，我们一般从两个方面讨论，首先是关于贵族在国家中的阶层，其次是关于贵族的身份。

一个根本就没有贵族的君主国家，就成了一个纯粹而且绝对的专制的国家，如土耳其的情况一般。贵族的存在，在某种程度上让专制得到缓和。因为贵族可削弱君权，所以可在一定程度上把公众的注意力从王室引开。

可是，民主政权的国家是不需要贵族的，而且和有世袭贵族的君主制国家相比，通常更加安宁一些，少些叛乱。因为大家的视线多盯在事情上面，而很少在人上，或者，就算盯在人上，也是因为事的缘故，借以看谁最为称职，而不是看血统以及门第。我们见到瑞士尽管宗派林立，辖区分散，但都是长治久安的。因为维系他们的是共同利益，并不是地位和名分。尼德兰联省共和国政府治国有方，也是因为他们实施的是平等的制度。因为公民权利平等，所以他们的磋商会议较不偏不倚，各省纳税上缴也较欣然。

强大的贵族阶层虽然可以加强君主的威严，但同时也削弱了君主的权力；它固然给人民注入了生机和活力，却也同样榨取了他们的很多福利。恰到好处的情形是，贵族虽然强盛但还不至于凌驾于王权和国法之上，而且同时又保持着一定的稳固的地位。这样，当民众起哄闹事的时候，他们的矛头，就会先被贵族抵挡，不会过早的触犯君威。一国之中，贵族众多容易招致国家贫穷和苦难，因为这一负担过重；在另外一个方面，随着时间的推移，贵族中有很多人必然会衰落以至于贫穷，这就在名号尊贵与财富贫乏之间造成了一种极不相符的情况。

就单个贵族的身份来讲，设想一下，看见一座古堡或古建筑还没有破败，或者看见一棵参天古树枝繁叶茂时，是多么令人肃然起敬。那么，在见到了一个饱经风霜但却屹立不倒的高贵且久远的家族的时候，这种恭敬之情当然更甚！新兴的贵族只不过是权力的作用而已，但是世袭的贵族则是由时间造就。

那些开创贵族世家的先祖，比之后代大多是一些才高志强但品德可能还不太清白的人。要不是采用阴谋诡计的话，很少有什么人可以只靠才能飞黄腾达。但是只有他们的优点长久地存在于后人的记忆中，而他们的劣迹，则早就随着他们一起消亡了，这也是人之常情。

出身于贵族家庭的人常常不能吃苦，安于享乐。好逸恶劳之徒往往会瞧不起那些终日十分勤劳的人。此外，生就的贵族也不可能再怎么高升了，这些升迁无望的人，很难在别人发达时不产生嫉妒之心。另一个方面，贵族名分可以消除他人对他们不自觉的妒忌，因为荣华富贵似乎天生就该属于他们。

无疑，那些拥有贵族精英的君主，会在任用他们时感到十分顺手，而且他们也能轻松自如地各司其职。因为国民认为这些人天生就该发号施令，从而自然而然地服从他们。

十五　论叛乱与骚动

　　人民的守护者有必要对国家将会出现的政治风波的前兆有所认识。因为在一般情况下，政治风波在各方力量均衡的时候是最为剧烈的，这就像自然世界中的暴风雨在春分或秋分的时候最为狂暴一样，在一场暴风雨来临之前，空谷里会刮起沉闷的风，海底会暗潮汹涌，而国家也会有这种情况发生。

　　太阳神曾经告诫过人们，凶恶的反叛总是即将发生的，变节行为和隐秘的战争正在酝酿。①

　　这时，针对国家的逸言公开流传，政治谣言四处传播，这些都将会不利于国家，却又常常被人们信以为真，这些都是动乱的先兆。维吉尔在叙述谣言女神身世的时候说过。

　　众神惹恼了大地女神特拉，使她十分生气，于是就生下了谣言女神，也就是巨人的妹妹。

　　我们从这个神话可以看出，谣言好像是过去众神叛乱的余孽一样，但谣言的确是未来的叛乱的序曲。无论怎么看，维吉尔的话都是十分有道理的，那就是构成叛乱的行动和推动叛乱的谣言之间其实区别甚微，充其量不过是兄妹、男女的不同。尤其是国家出台了最好的政策时，这本来是最应该值得称赞的事情，并应受到最广泛的欢迎，但却遭到了恶意的误解和中

---

① 引自维吉尔《农事诗》。

伤。这就是因为谣言引起了极大的怨愤。就像塔西佗所提到的那样:"当人们开始对统治者十分不满时,他的所有举动,无论是好还是坏,都会激怒民众。"

这种情形如果出现了,那些以为只要通过施用严酷的手段,就能控制住谣言,并且能够防范或者是根除叛乱的想法,都是非常错误而且危险的。因为这些举措只会引起公众久久不消的疑惑,所以从某种意义上来讲,对这些谣言置之不理,比设法压制它们会更有效。

还应当对塔西佗所说的那种下属"唯命是从的服从"有所警觉,那种人表面上似乎是服从的,而实际上却是在对政府的法令乐于非议而不乐于执行,对命令进行任意的批评和责备,推三阻四,吹毛求疵,这样的举动往往是走向叛乱的前奏,结局必然会导致无政府状态的出现。特别是当争论发生的时候,那些拥护政府的人不敢站出来讲话,反对政府的人倒是可以滔滔不绝、肆无忌惮。

另外,就像马基雅弗利所指出的那样,君主们本来应该是万民之父母,如果他自成一党,或者偏向一方,那就好比是一条船,很可能会因为载重不均衡而覆灭。这一点在法国国王亨利三世统治的时代可以十分清楚地看到。他先是偏向天主教同盟,为的是消灭新教徒,但不久,那个联盟又开始反对他。因为当君权被用作达到某个目的的帮手,而且出现了比君权的纲维结扎得更加紧密的纲维时,君王差不多就该被逐出该事业了。

此外,当纷争不和、互相攻击和派系斗争在十分公开的情况下肆无忌惮地进行时，也就标志着这个政府已威信扫地。

政府里最高层官员的言行，都应该像古典天文学理论中关于"第十层天"里行星的运转一样，也就是说每一个行星都在最高层作用力的推动下迅速公转，同时又保持十分舒缓的自转。因此，当那些高官们在自转的运作中过于剧烈，并且就像塔西佗所说的那样，"放任到了根本不将他的支配者放在眼中"的时候，那么也就标志着天体运行系统慢慢地离开轨道了。威信是上帝所赐予的，所以他威胁着要予以解除，说："我也要放松列王的腰带。"①

宗教、法律、议会和财政是一个政府的四大支柱。当它们的地位被撼动的时候，国家也将会面临分崩离析的危险。下面我们再来探讨一下酿成叛乱的各种原因和动机，还有预防的方法。

造成叛乱的因素很多，所以也就值得认真研究一下。因为预防叛乱最好的方法就是消除引起叛乱的原因。这就像只要有堆积的干柴，那么就很难讲它会在什么样的情况下，会由于某一个细微的火星儿掉落而形成燎原的大火。有两个最为主要的因素会导致叛乱：第一个是贫穷，第二个是民怨。毋庸置疑，社会中存在着多少破产者，就会存在着多少支持叛乱的人。卢坎这样来描述罗马内战之前的情形：

于是有了狼吞虎咽的高利贷和贪婪的重利，于是将有信誉危机和对众人有利的战争。②

---

① 参见《圣经·旧约·以赛亚书》第四十五章。放松腰带，意指解除力量。
② 引自古罗马诗人卢坎所著史诗《内战记》。

这种"对众人有利的战争"是个确定而又绝对可靠的前兆，这个国家已经有了反叛和动乱的想法和倾向。而如果把有产阶级的破产和底层民众的穷苦、窘迫结合在一起的话，那么危险就迫在眉睫了，而且这样的危害是极其巨大的。因为贫困和饥饿而产生的造反是最难平息的。至于不满，政府内部的不满情绪和人心中的抑郁不平一样，都容易积成一种异常的愤怒喷发而出。

君主不能忽视民众的不满所带来的危机，不能把人民想象得过于理智，民众往往也分不清楚什么样的事物对自己有利。君主也不能凭借民怨的多少衡量危机的大小。有时恐惧带来的灾难可能比贫困引发的不满更可怕。

"伤心是有限度的，而恐惧却是没有限度的。"①

除此之外，苦难可以造就人的耐力，也可以压制住勇气，但人在恐惧的时候，却不是这样。任何君主或者政府，不能因为不满常常出现或者由来已久却并没产生险情，而对不满没有顾忌。因为并非每朵乌云都能够成为暴风雨，有时乌云会被风吹散，但它始终有要降落下来的可能。就像那句精妙的西班牙谚语所讲道的："绳子终会被轻轻地一拽给扯断。"

叛乱的缘由和动机是多种多样的：比如，宗教的改革、赋税的增减、法律与惯例的变动、特权的废除、压迫的广泛存在、小人和外戚的发迹、异族入侵、饥荒、军队的解散和党派之争的日益盛行，以及任何一种可以激怒大众，并且让他们在一场共同

---

① 见小普林尼《书信集》第八卷。

的运动中团结起来的事情。

说到防止叛乱的方法，现在我们只探讨一些一般性的、有效的对策。至于具体措施，那得视具体事态对症下药，故应留待临时定夺而不作为通例。

第一种根治或预防的途径，就是尽一切可能来驱除叛乱的物质条件，也就是国力的匮乏和穷困。针对这个目的应当采用以下这些措施：使贸易自由化并实现贸易平衡，保护并支持制造业，消除游手好闲，坚决制止浪费和铺张，改良和开垦土地，宏观调整控制市场物价，减轻人民的赋税和进贡，等等。应当注意的是，不要让国内人口的总数超过国内储备可以养活的人口数（在人口未因战争锐减时尤须注意）。人口的计算也不要只是用数目作为标准。因为，一个人口相对少的国家，如果收入也很少而且消费过多的话，比生活节俭、人口相对多的国家，会更快地消耗完它的国力。因此，贵族要职及官员增加的速度和数量，如果超过了民众人口增加的正常比例，就会很快把国家拖到贫穷的边缘；宗教神职人员的过度增加也会造成这样的局面，因为他们从来不从事生产；如果被供养的学者多于任用他们的职位的时候，所造成的结果也是这样的。

我们都知道，由于任何国家增加财富必须依赖外国人（因为本国的财富总是此得彼失），通过对外贸易，能够促使一个国家绝对财富的增长、国力的增强。通常只有三种东西是能够进行对外贸易的：第一个是天然的物产和矿产资源，第二个是工业产品，第三个是商船运输。如果这三个轮子都可以正常地运转，那么财富就会像春水一样源源不断地从国外流到国内来。

而且更重要的同时也鲜为人知的是,"劳作胜于物产",即劳务也可以创造财富。荷兰人就是最好的证明,他们的国家拥有世界上最好的地上矿藏①。

作为统治者,应当谨防国内财富被少数人所垄断。否则,一个国家就算拥有再多的财富,也只是将大部分人民置于更加饥寒交迫的地步。金钱就好比肥料,如果广撒到田地之中,本身是没有任何作用的。为了让财富合理地分配,就一定要用严酷的法律来对高利贷以及商业的垄断、毁田畜牧②进行限制。

在去除不满,或者是起码要消除不满情绪中的危险成分这方面,每一个国家,都要针对两个部分的臣民:贵族阶级和平民阶级。当两者中的其中一方产生不满的时候,那危机是不大的,因为民众如果没有受到贵族的挑拨,那么他们的动作是迟缓的,而贵族自己的力量又是不够的,除非民众给予支持。所以,当贵族阶层心怀叵测地等待平民爆发动乱的时候,他们就能够公开表示不满了,而这恰恰是最危险时候。诗人们讲过这样一段故事,有一次其他的神灵想把朱庇特绑起来,朱庇特听说后,接纳了帕拉斯的告诫,召来了百手布里阿柔斯来帮助自己。这个寓言十分形象地说明了,君主只有能够获得平民百姓的拥戴,他的地位才是安全的。

能够给予民众适当程度的自由,让他们发泄郁闷和不满,才是一种稳妥的办法(只要这种发泄别过于肆无忌惮)。如果硬是把怨气往肚里吞,或是捂着脓血不让它流出来,就会引发更

---

① 英国学者罗伯特·伯顿《忧郁的解析》中曾借用这一比喻来谈荷兰的工业。
② 指英国始于15世纪的圈地运动。

加严重的毒疮和恶性肿瘤。

谈到对不满的消除,埃匹米修斯的作用倒很适合普罗米修斯,因为再也没有更好的办法可以来防备不满了。痛苦和恶行从箱子中飞出来的时候,终于把盖子又盖上了,并把"希望"关在了箱底。① 毫无疑问,用技巧和谋略来培养及保持各种各样的希望,并带领人们从一个希望走向另一个希望,这是缓解和驱除不满这种毒素的最佳解药之一。而且,衡量一个政府是否高明,一个明显的标志就是,纵然它不能够通过让百姓心满意足而赢得民心,也可以通过让民众感到有希望的寄托,从而笼络民心。同时,这个政府能够在处理事情的时候不显出邪恶当道、不可收拾的态势,而是好像任何事都是很有希望的,都有解决的方法,那么这个政府仍不失为一个英明的政府。这一点做起来并不困难,因为无论是个人还是党派,都是十分善于吹捧自己的,或者至少喜欢口是心非、巧言令色。

还有一种虽然大家都知道,但是仍不失为上策的预防方法,那就是预见并提防那些可以使心怀不满的人聚集起来的领头人物。我们认为能充当领头人物的人大多都拥有一定的功绩和声望,深受那些对现存政治不满的党派的信任和推崇,同时他们自身也被认为对现存政治心怀不满。对这种人物,政府要么采取切实可行的办法争取并让他归顺,要么就使其同党中有对立者以削弱他的名望。总而言之,对各类反政府的党派集团实行分化消解,挑拨离间,或者至少让他们内部

---

① 见希腊神话。

之间互相斗争，不失为一种有效的手法。因为如果拥护政府的人内部离心，而反对政府的人内部万众一心，那将是十分危险的。

我们可以清楚地意识到，君主口中无意说出的刻薄的话，可能会点燃反叛的烈火。恺撒曾经说过："苏拉是文学上的外行，因此不懂独裁。"①这句话给他自己带来了灾祸，因为这句话完全隔断了人们对前途抱有的一线希望，人们本来以为他应该会自愿交出他的独裁者的地位。加尔巴因为那一句"我的士兵是征召的，而并不是买来的"而断送了自己的前程，因为这么说使得士兵失去了获得赏赐的希望。普罗巴斯也因为那句"如果我继续活下去，那么罗马帝国就应该不再需要士兵了"，而毁掉了自己的前程，因为这句话让他的士兵们十分绝望。②当然，还有很多类似的例子。但毫无疑问的是，在那样不稳定的时代针对这些敏感问题，君主们应该对他的言行特别谨慎，因为只言片语一旦脱口，就好像射出的箭一般不胫而走，且往往被视为君王吐露的心声。反而那些淡而无味的长篇大论，不会像简短的话语那样容易激起他人的注意。

为了防止不测，君主身边需要有一个或者更多勇敢的猛将，他们可以在叛乱刚刚开始的时候就把它压制下去。如果君主身边没有这样的人，一旦动乱爆发之后，朝廷中就会出现许多不应该有的恐惧和慌乱。而政府就会出现塔西佗所提到的那

---

① 罗马独裁者苏拉自行隐退的原因历来众说纷纭，拉丁文 dictare 兼有 "口授文章" 和 "独裁" 二义。
② 普罗巴斯，古罗马皇帝，为叛军所杀。

种危险:"人们的脾气就是这样的,虽然没有人想要冒险做出这样邪恶的行为,但是真敢作为祸首的人少,愿意参加的人众多,而所有人对叛乱都会默认。"① 但是这样的心腹必须是诚实可靠的,还要具有好的名誉和地位,而不是那种喜欢营私舞弊、逢迎谄媚的人。同时,他们还要和政府中其他大人物相交好,否则,那治病的良药就会比疾病本身更要命。

---

① 此言描述的是奥托宣布要推翻加尔巴时士兵们的心态。(见塔西佗《历史》第一卷二十八章)。

十六　论无神

我不愿相信这个宇宙只有躯壳，却没有一个作为主宰的精神和灵魂。我宁愿相信那些《圣徒传记》、《塔木德经》和《古兰经》中的一切寓言和神话。上帝没有必要用奇迹来反驳无神论，实际上，宇宙中亘古以来的自然秩序，已经足以驳倒它了。

对宇宙与哲学的深刻思考，会使人皈依上帝，而那些一知半解的人才会认同无神论。当人之心智专注于零七碎八的次因时，感到似乎万物都是不相关的，但这不过是表面现象，只要深入地观察和思考一下，就会发现宇宙万物之间其实是存在着错综复杂的因果联系的，并且最终只能导向一个总的宇宙——这就是神。

不啻如此，连那个最被世人斥为无神论派的哲学学派（即以留基伯、德谟克利特和伊壁鸠鲁为代表的原子说派）也几乎证明了有神存在，其原因如下：原子说派认为大量无限小的原子或不固定的粒子无须神的支配便可造就这大千世界的道与美，而亚里士多德学派则认为宇宙的道与美由四种可变元素和一种不可变的第五元素恰如其分并周而复始地配制而成，其中无须神力相助，两相比较，把后者作为无神论之说比前者可信千倍。

《圣经》上不说"愚钝的人心里在思考"，只说"愚钝的人心里没有神"①，从这个角度来考虑，与其说愚钝的人不假思索，还不如说他是可以相信有上帝的，或者是可以说服他相信有上帝的。因为没有人会否认上帝的存在，除了那些主张无神论可以满足私利的人之外。由此看来，无神论只不过是挂在他们嘴上，并没有深入到他们心里。不仅如此，你一定会看到无神论也在努力招收门徒，与其他宗教并无区别。甚至，你还会看到很多无神论者宁恳备受折磨也不愿放弃其主张——但是既然相信根本就没有神，那么又何必还要为此折磨自己呢？

伊壁鸠鲁非常肯定地说，神是存在的。但是他最终还是受到了指责，这是因为他是为了他的声望而掩盖真相，说神只顾逍遥快活，不管人间事务。他的反对者在指责他的时候说，他在心里认为神是不存在的，但他总是在见风使舵。不可否认，他确实受到了诽谤，因为他曾说过高贵敬神的话："对神灵真正的亵渎，并不是否认俗人的神，而是把世俗的信念强加于神的身上。"即使是柏拉图对此也无话可说。而且尽管伊壁鸠鲁有胆量否认神对世事的支配，但他却没有能力否认神之本质。

西印度人也相信宇宙中有神的存在，并且赋予了那些神各种各样的名称，虽然他们并不知道上帝的名称。古代欧洲的异教徒们也是一样的。他们虽然不懂得上帝，但却崇拜丘比特、阿波罗和宙斯。由此可以看出，虽然他们的宗教思想不如我们所认识到的那样博大精深，但即使是还没有开化的野蛮人也同样具有关于神的观念。所以，就反驳无神论这一点来说，甚至

---

① 见《圣经·旧约·诗篇》第十四篇第一节。

连野蛮人也是和高深的哲学家站在一边的。深思熟虑的无神论者并不多见,他们的理论并不是十分严密,名气比较大的只有迪亚格拉斯①、彼翁②、卢奇安③那么几个人而已。实际上他们似乎名过其实,因为凡是抨击一种公认的宗教或迷信的人都被对方扣上无神论的帽子。而那些名副其实的所谓的无神论者的确是伪君子,他们更多的是一些会谈论到有关神圣的事情,但却不带任何感情色彩,这样一来,到最后他们一定会变得麻木不仁。无神论出现的原因很多。首先,是宗教的分裂,任何一次重大的分裂都会让双方充满了激情,但如果分裂的派别众多的话就可能会生发出无神论了。另外,是僧侣的丑闻,当丑闻达到圣伯纳④所说的"我们现在不能够说,教士和民众是一样的,因为事实上民众并不像教士那样糟糕"的程度时,也会导致无神论的产生。再次,是嘲弄神圣事物的充满亵渎的风俗,它的存在一点一点地损坏了宗教的尊严。最后,是在一个时期内学者当道,尤其是当社会处在一个和平与繁荣的时代。因为动乱与逆境会使人对宗教更加向往。否定神的人,也就等于摧毁了人的高贵,因为人就其肉体而言无疑与禽兽接近,这样一来,人就会成为一种卑贱下作的动物了。无神论就是运用这些手法来破坏人品的高尚和人性的升华的。以狗为例,当它发现自己在

---

① 迪亚格拉斯,公元前5世纪雅典哲学家、诗人,后因不敬神灵被判死刑,逃往科林斯。
② 彼翁,公元前3世纪希腊哲学家,曾撰文嘲讽诸神,相传他病入膏肓时曾忏悔其所为。
③ 卢奇安在《演悲剧的宙斯》中批驳神造世界一说。
④ 法国教士。

被人喂养时，这个人对于它来说简直就是一位神灵，或是一种更加高超的生命，它会表现得无比的尊贵和无畏。如果它没有了对高过自己的灵性的信仰，狗这种动物肯定是不会有那种勇气的。

　　人也一样，如果人能够确信自己受到了神的庇护和恩宠，他便会获得人性本身所无法获得的力量和意志。正如无神论在任何方面都可恶可恨一样，它会剥夺人类超越本性脆弱的工具。这个道理对人是这样，对国家民族也是这样。在这个世界上再没有比罗马更伟大的国家了，正如西塞罗所说的那样："诸位元老，我们完全可以为自己感到骄傲和自豪。虽说我们在人数上不如西班牙人，在机敏上不如迦太基人，在体力上不如高卢人，在计谋上不如希腊人，甚至即使是对这片土地和这个国家的眷恋之心，我们也比不上土生土长的意大利人和拉丁人，但是我们在对神的虔诚和宗教信仰上，以及把不朽的诸神视为万物的主宰这一智慧上却胜过了所有的国家和所有的民族。"

十七　论迷信

对于神，与其乱发谬论，不如一无所知，因为后者只是不信神，而前者则是对神的亵渎。无可置疑，迷信就是对神的侮辱。对此，普卢塔克①说得好，他说："我宁愿众人说世上根本没有普卢塔克这个人，也不愿他们说有一个普卢塔克，他在儿女一生出来时就把他们吃掉了。"就像诗人谈论萨杜恩②一样。

理性、哲学、骨肉亲情、法律和功名虽然不含宗教，却可以成为一种外在的道德原则，无神论把人类交托给了这些东西，尽管没有宗教，也可以把人引向一种美德。所以，无神论使人小心自重，不问不关己的事，从来都没有危害过国家。无神论盛行时，如奥古斯都·恺撒的时候，都是太平盛世。但是，迷信是在人心里建立一种独裁的专制，并拆毁这些东西。迷信一直都是许多国家罪孽的根源，强烈地干扰了政府的运行，因为它带来了一个新的"第十重天"，使政府的其他九重天都脱离了常轨。迷信的主体乃是民众，凡有迷信之处，都是智者跟从愚夫，理论去符合行为。

---

① 古希腊传记作家。
② 罗马古神萨杜恩（即希腊神话中的克洛诺斯）曾统治宇宙，有预言说他将被自己的儿子推翻，于是他在子女一出生时就把他们吞掉，其妻瑞亚用石块代替刚出生的宙斯让他吞下，后预言终于应验。

在由经院派哲学家①之信念占上风的特兰托会议②上，有些主教却郑重其事地说，经院哲学家就像是天文学家。天文学家知道这些东西是莫须有的，但是他们可以虚构出诸如偏心圈、本轮及类似的轨道论用以解释天文现象。的确，经院哲学家沿用此手法，创立了许多复杂、奥妙的原理和定律，用以解释教会的行为。

引发迷信的原因有多种：外观上，重形式和法利赛人式的③虔诚；礼仪上，重愉悦和感官感受；人事上，主教们千方百计地谋算个人的野心或利益；传统上，过度尊崇传统，以至于给教会加重负担；心理上，对迎合别出心裁和标新立异的良好动机之过分偏爱，由只会引起胡思乱想的人主持圣事；历史处境上，时值蛮荒时代，同时又遇见了天灾人祸。

迷信一旦被揭去面纱便丑陋无比，如同一只猿猴太像人就只会丑上加丑一样，迷信到了好似宗教的时候就更加丑恶了。同样，上好的典章和律例腐坏了就会变成烦琐冗长的形式，就如同新鲜的肉一旦腐坏就会生出许多蛆虫一样。另外，对以往既成的迷信，当人以为避得越远越好时，就会出现为排除迷信而产生的迷信。因此应当提防的是，千万不要把好的东西和坏的东西一起去掉了，就如同用药物催泻清除体内病患的手法一样。而这种蠢事，在民众出面实行改革时，就往往会干得出来。

---

① 中世纪最有影响力的思想家，他们致力于把思想纳入一种逻辑的形式中。
② 是由教皇于 1545 年召集的天主教第十九次主教会议，力图联合各派势力打击宗教改革力量，并在内部实行调整。会期历时十八年。
③ 一般被视为外表虔诚、内心冷漠的伪善的代名词。

十八　论旅行

对很多年轻人来说，旅行应该是一种学习知识的过程和途径。而对年长者来说，旅行则是一种丰富人生阅历和经验的最佳方式。

如果你想到其他国家去旅行，而不懂这个国家的语言，就谈不上去游历，而是去求学了。我赞成年轻人在家庭教师或严肃仆人的带领下去旅游，只要他懂该国语言，并且到过那个国家就行。这样，他就能够告诉缺乏经验的年轻人，什么地方什么样的景物是值得观赏的，什么人是需要结交的，什么活动或训练当地可以提供。否则，这个年轻人将如同被蒙上眼睛一样，东走西撞，但是收获却很少。

当进行航海旅行之时，陪伴他们的只有广阔的天空和大海，但是航海家却总是坚持写那些航行的日志。而陆地上，新奇的事物层出不穷，人们却常常忘记用日记记录下所看到的一切。这是一件奇特的事情。难道偶然性的、机遇性见到的事物比应该认真观察到东西更值得记录下来吗？所以人们在旅行中该养成习惯记日记。

旅行时我们应当观察的一些事物：君主的宫廷，尤其是当他们接见外国使节的时候；法庭与法律的实施情况；圣教的宗教法院、教堂和修道院；城墙或者关口的纪念碑、城堡；港口与交通；文物古迹和废墟；相关的文化设施，比如图书馆、高校、会议、演说（如果那儿有的话）；船舶和舰队；宏伟的建筑和美丽的公园；军事设施和兵工厂、弹药库；交易所、仓库等一些经济设施；体育，甚至骑术；以及士兵的锻炼、剑术、体操等；富人常常到达的度假胜地；珠宝财富、礼服、戏院、艺术品、工艺品以及其他珍稀之物。总之留心观察所到之处的一切值得记忆在脑海中的事物。凡此种种，教师和仆人要勤于打听并且妥善地进行引导。相比之下，有很多凯旋典礼、假面舞会、闹剧（盛行于宫廷中的一种诗剧）、宴会、婚礼、葬礼、行刑等十分热闹的场面，虽说不应忽略不看，倒也不必过于放在心上。

一个年轻人如果想通过一次时间和空间都十分有限的旅行，迅速获取知识，那么下面所讲到的事情是一定要做到的。首先，在去异国旅行以前，尽量掌握所去国家的语言。其次，还要找到了解异国情况的老师或者随从。然后，要带上介绍这个国家情况的书籍、地图、卡片，因为这些东西能够相当好地描述旅行目的地的情况，那将是他旅行中获得信息的一个重要的方法。再次，一定要坚持写日记，不仅这样，当在一个城市或者小镇住下来的时候，在每一处逗留时间的长短，都要根据可在该地获取的知识价值来决定，不要耽误太久。在某一地区暂住时，最好常常换住处，这样就可以更广泛地结识各界人士。而且在交际的时候，尽量避开本国人，设法接触当地名流。他还可以到上层社会经常交际娱乐的场所去用餐，以便可以结识到当地的上流社会人物，这样如果在需要的时候你就可能得到他们的照顾。在各地旅行搬家的时候，可以设法得到一些知名人士的推荐信，这样就能够在找寻风土人情或者认识各界人士的时候，利用知名人士的名声，使旅游消耗时间不多也能获益匪浅。

至于在旅行的过程中认识的各界人士中，对你最有益处的是结识各国使节的秘书和随从。与他们的交往能使你即使只到一国，却能了解很多国家的情况。在旅行的时候，还可以去拜访一下在当地居住的名人，特别是那些名气传到国外的，这样就可以知道他们的实际与所负的名望是否相符。

一定要注意避免搅和到纠纷和斗争之中。一般来说，这种争吵和决斗的原因多是为情人、位置、财富、年轻气盛或者是语言过失。所以，一个人在待人接物上必须小心谨慎，以避免发生没有必要的纠葛，特别在和那种性情容易冲动、喜欢争吵的人交往时更要当心，他们很容易将把你拖入是非纠葛之中，使你喘不过气来。

在旅行结束回到家里之后，不要把已旅行过的异国他乡都抛在脑后，应当继续通过写信与那些已经结交的而且有裨益的友人们保持联系。此外，旅行的收获更多地应该体现在一个人的言谈和举止之中，而不仅仅在于改头换面的一身异国装扮以及异国的手势风俗。在谈论旅行情况的时候，最好只是回答问题而不是自己夸耀。同时，不要使自己看上去只是一个出国就忘记家乡风俗礼节的人，而应当吸取一些外国的精华，把别国的优良事物植入到本国的风俗之中。

十九　论君主

世界上有这样一种很少对什么事物渴望的人，面对一些事情又总是心存恐惧，这实在是一种可悲的状态。但这往往就是君主们的处境。君主们拥有尊贵的地位，没有什么欲求，所以他们精神更加萎靡，加上他们身边时时刻刻都会有险情出现，因此内心更加阴暗。这也正是《圣经》所谓的"君主的心是深不可测的"[1]原因之一。无论是什么人，如果猜忌太多，而且又没有什么特别的渴求来支配和调动他情绪和欲望，那么他的心理就会变得难以捉摸。

于是君主往往会在空虚的时候为自己制造小欲望，把心思放在一些琐事上，例如，设计一座亭台楼阁、组织一个社团、选拔一个臣仆、学习某种技艺等。尼罗王爱好演奏竖琴、图密射箭技术很高、康茂德热爱剑术、卡拉卡王喜欢骑马飞奔等[2]，都是很好的范例。这似乎不好理解，其实此乃天性使然，即在小事上有所进取比在大业上停滞不前更使人心情舒畅、精神振奋。有些君主早年英姿勃发，所向无敌，但是由于征服不可能无限，成功总有尽头，结果他们到了晚年却陷入了迷信和忧郁的境地，亚历山大大帝和德奥克里先就是这样，再有我们记忆中的查理五世也是如此。这是因为一个已经习惯于一往无前的人，当

---

[1] 见《圣经·旧约·箴言》第二十五章第三节。
[2] 以上四人均为罗马暴君。

他们一旦陷入无所事事的寂寞境地时，就难免会走向颓废。

现在我们再谈谈君主权力之平衡。平衡与失衡各自都包含矛盾，但把相反的事物随意地混合起来是一回事儿，而把相反的事物进行互换则又是另一回事儿。这种平衡很难维持。韦斯巴芗问阿波罗尼奥斯："尼禄为什么会被推翻？"他对韦斯巴芗所作的回答意味深远。他回答道："尼禄很擅长弹拨竖琴，但是他在治理国家的时候，有时把琴的弦轴拧得太紧，而有时却又把弦轴拧得太松。"无疑，最能毁灭君主权威的，是有时过分地压迫，有时又过分地放松，即运用权力的不平衡和不适时的任意互换。

在面对迫在眉睫的危难和祸患时，近代的君主会采取侥幸消灾或避难的计策来巩固其统治，而不是寻求防患于未然的根治方法。这样做其实更大程度上就是在碰运气，谁也不可能阻止火星跳到干柴堆上，也不能够确定它会从哪儿飞出来。因此不应当忽视或姑息那些可能会引起动乱的因素。君主巩固他们统治的困难很多也很大，但是其中最大的困难往往是在他们的内心中。塔西佗说，君主们做出一些相互矛盾的决定是司空见惯的事情，"君主们的欲望通常都是强烈而又自相矛盾的"。既想达到目的，又不忍用手段乃当权者之致命错误。

作为君主，他必须应付邻国、后妃、子嗣、贵族、绅士、僧侣、商人、平民、士兵，稍有不慎，这些人都有可能成为仇敌。

在这里我们先来讨论一下关于邻国的事情。与邻国的关系会随着形势的变化而变化，但无论怎样变化，却有一条是永恒不变的，这就是：要自强不息，提防你的邻国的实力超过你（或通过领土扩张，或通过贸易诱惑，或通过深沟高垒、层层设防、步步逼近等方法）。这一般是预见、阻止这种事态的常务顾问的工作。

在英国国王亨利八世、法国国王弗兰西斯一世和神圣罗马帝国皇帝查理五世三雄鼎立的时代，无论是哪一方想侵占哪怕是巴掌大的一块领土，其余两方也会马上联盟对抗，三个国家就是这样互相监视，必要时还会诉诸战争，它们绝不会以牺牲本国利益为前提来换取和平。与上述情况相似的，还有由那不勒斯王斐迪南、佛罗伦萨共和国的掌权者洛伦佐·美第奇和米兰大公卢多维卡·斯福尔扎所结成的联盟（圭契阿迪尼称之为意大利安全保障）。某些经院哲学家对战争的见解其实并不可信，他们认为战争的原则是：人不犯我，我不犯人。这些整日埋头于书堆之中的学者哪里会想到，对潜在危险的恐惧亦是发动战争的正当理由，即使那种危险暂时还没有变成现实。

我们再来看看君主们后宫的妃嫔，她们中一些人的性格是极其残酷的。莉维亚[①]因毒死丈夫而声名狼藉；苏莱曼一世的妻子罗克萨拉娜，造成了那位著名的穆斯塔法苏丹王子的死亡，而且她是扰乱皇家宫廷、混淆皇家血脉的祸首；英格兰爱德华二世的王后，在她的丈夫被废黜和被害的过程中起了重要的作用。因而，当妃嫔们想要扶持自己的儿子继承王位时，或者是在她们有了外遇的时候，是最有可能产生这样的

[①] 莉维亚：奥古斯都的第三位皇妃，据说为了让儿子提比略继承帝位而毒死了丈夫。

危险的。

关于子嗣的问题，由他们引发的危机酿成的悲剧，同样一直是层出不穷的。不管怎么样，父亲对儿子充满了猜疑总会招致不幸的。我们在前面提到过的穆斯塔法的死葬送了苏莱曼王族。因此，土耳其王位的继承，从苏莱曼之后直到现在，都有不正统的嫌疑，其中谢利姆二世就被看成私生子。一个年轻有为的王子克里斯伯斯被他的父亲君士坦丁大帝处死了，这也同样重创了那个王室。结果君士坦丁大帝的另外两个儿子，康斯坦丁那斯和康斯坦斯都死于非命，而另一个叫作康斯坦修斯的儿子，他虽然是病死的，但下场也不怎么好，那也是在尤里安起兵反他之后的事情了。马其顿国王腓利五世的儿子德默特里厄斯的死，让他的父亲得到了报应，他父亲也因此在悔恨中死去。还有很多相类似的例子，作为父亲是绝不可能从这种不信任中得到好处的，除非是做儿子的公然举兵进行反叛，例如，苏莱曼一世征讨巴雅泽提，以及英国国王亨利二世征讨三个背叛他的儿子。

高级教士的妄自尊大也可能给君主带来危险和造成威胁。就像当年那两位坎特伯雷大主教安塞姆和贝克特，他们曾经试图用主教的权杖与君主的利剑抗衡，只是他们遇到了几位顽强而自信的君主：威廉二世、亨利一世和亨利二世。这种危险并不是由教会本身所造成的，而是因为教会有国外的势力撑腰，或是因为神职人员的选择和任命不是通过君主的钦命，而是凭借平民百姓的拥戴。

至于贵族们，关于这一点，我在《亨利七世传》中曾经讨论过。君主应当与贵族们保持一定的距离，但如果过于压制他们，虽然这可能会有助于加强君权，却会减少君王的高枕无忧，而且在实施其主张时也不那么随心所欲。亨利七世对贵族阶层一直是压制的。贵族们表面对他保持着恭顺，而事实上却不肯与他配合，所以实际上他事必躬亲，而他倒也乐得如此。

那些绅士作为一个组织松散的团体，他们有时喜欢高谈阔论，通常是无伤大雅的，没有什么危险性的。他们还是一种可以制衡上层王公大臣们的力量。总而言之，作为最直接的也是最接近人民的有权势的阶层，他们能够最有效地舒缓民众的不满。

商人可算是国家的门静脉，如果门静脉血量不是很旺盛的话，那么这个国家即使有非常健全的四肢也难免会出现血管供血不足的情况。对商人收取重税对君主的收入是没有太大好处的，如果各项税率过分增加，就会使商业贸易的总量大大减少，导致的结果就是因小失大，得不偿失。

平民百姓对君王几乎不构成危险，只要他们没有强有力的领头人物，或是君王不对他们的宗教、习惯和生活方式横加干涉。

再谈谈军人和军队的问题。不要让他们对犒赏习以为常，不要让他们保持着建制不变，久驻一方，那将是非常危险的。对此，我们可以从土耳其禁卫军士兵和罗马禁卫队中得到印证。防范之道是经常调换他们的长官，并且把他们分而治之，对犒赏把握分寸，那么他们就会成为保卫国家的力量，而且是不会有危险的。

君主好比是天上的星宿，能带来太平盛世，也能招致祸患年月。君主受万人景仰，却也永不安宁。以上关于君主权术的所有论述，最终都可以归纳为下面的两句话："请不要忘记君主也是一个凡人。""但也应该注意，君主既是人世间的神，又是神的意志在人世间的体现。"前者约束他的权力，后者扼制他的意志。

二十　论进言与纳谏

　　人与人之间最大的信任莫过于接受诤言。在其他信任中，人们所能够托付于人的，只不过是生活的一小部分而已，如田地、财产、孩子、信用以及某些特殊的事情。可是对那些被视为谏友的人，从谏者则是将身家性命或江山社稷托付给他的。由此可见，这些进言者也就更有义务保持忠义和信守诚实。明智的君主无须认为，听从臣子的忠告会有损于他们的伟大，或者会贬损他们的能力。上帝本人也并不是不接受别人的劝谏，相反，他一向是把"劝世者"作为自己的圣子的伟大的名字之一。[①]所罗门曾经讲过："从谏如流方可长治久安。"[②]所有的事情都会经历波动，如果不事先在争议中颠簸就会被无情地扔在命运的波浪当中，就像是一位醉汉在踉跄而行一样。所罗门的儿子发现了劝告的力量，他的父亲看到了劝告的必要性。因为上帝十分喜欢的王国是被妖言给糟蹋得四分五裂的，在这一点上，有两个特征总是能够把坏主意分辨出来，所以对我们是有教育意义的：就人而言，年轻人想出的那些主意往往要慎重；就事而言，主张暴力的主意要三思而后行。

　　古人曾用很多形象生动的故事阐明：君主与智慧是一体的，君主是不是有智慧与他能不能接纳忠言是不可分离的。一

[①] 见《圣经·旧约·以赛亚书》第九章第六节。
[②] 见《圣经·旧约·箴言》第二十章第十八节。

个故事是说所有众神之王朱庇特曾经娶了智慧女神墨提斯作为他的妻子,也就是说君权总是与智慧联姻的。第二个故事是第一个故事的延续,是说墨提斯与朱庇特结婚后,不久她就怀孕了,但是朱庇特还没有等到她分娩便将她吞吃下去了,于是朱庇特自己就身怀六甲,最后从他的头颅里面生出了全身披挂的帕拉斯女神。①

这段看上去荒唐的故事中其实隐藏着一个君主治国的秘诀,那就是君主应如何巧妙地利用朝廷上的一些争论。首先应该把需要决定的事情交给顾问团去讨论,这就好比故事中最初的怀胎或说是受孕。但是当他们所讨论的那些事情已经在智囊的"子宫"中孕育渐渐生长快成形的时候,君主就应该及时让策士谋臣中止,不让他们开始"分娩",这就不会显得实施这件事情非要这些智囊不可,君主将此事的决策收回到自己手中,并让公众觉得最后颁布的诏书谕旨都是出自君主本人(这些谕旨其深谋远虑和极富效力可比那位全身披挂的智慧女神)。这不仅可以显出君主的绝对权威,而且众人还会认为君主是十分足智多谋的,借以提高君主的声望。

接下来且谈谏议的弊病和除弊之法。人们注意到求谏和纳谏时有三大弊病:首先,开放的言论会让国家的秘密很难得到很好的保守。其次,众说纷纭常常会削弱君主的权威。最后,难免会有人为了自己的私人利益而提出一些不利于社会发展的建议,结果使从谏对进言者比对纳言者有利。为了防止这三种

---

① 希腊神话。

弊病的发生，法国曾实行过意大利人所提倡的那种"秘密内阁"制度，那就是将对国政的议论权力只开放给少数人。但是，这种制度所带来的弊病可能比公开那些言论的弊病更大。

说到保密，我们必须清楚，君主并没有必要将所有的事情都向他的顾问告知，而是可以有所选择地传达。征询应做何事者不必宣布欲做何事。但是君主还是应该小心翼翼，千万不要把秘密从自己口中透露出来。至于秘密内阁会议，下面这句台词可谓一语道破天机："我充满了漏洞。"①因为有一个以泄密而感到光荣的傻子，其他人都懂沉默是金也是白搭。

的确，需要被保密的事情，应该是除了君主之外，最多只能让一两个十分亲近的人知道。谋士少一点儿也并非不好，因为除了保密之外，这样通常还少分歧。不过在这种情况下的君主必须是一位非常谨慎的君主，也必须是一个能独立操作、埋头苦干的人。而那些进言者也必须是非常明智的人，他们应当是最值得君主信赖的谋臣，他们对君主应该有着绝对的忠诚。英格兰国王亨利七世就是这样的一位君主，他在处理最为重大的事情的时候，除了将机密告诉给莫顿②和福克斯③之外，从来就不轻易透露给其他任何一个人。

关于君主的权威受到削弱的问题，上面的寓言已经给出了一些补救的办法和措施。因此，当君主们在广泛接纳进言时，他的威严与其说是被削弱了，还不如说是被增强了。从来没

---

① 语出古罗马喜剧作家泰伦提乌斯之喜剧《阉奴》第一幕第二场。
② 亨利七世时任过坎特伯雷大主教、大法官等。
③ 亨利七世时任过威斯敏斯特大主教、枢密院顾问等。

有哪个君主,是因为有了进言的这些人而失去了他独有的王权,除非某个谋士权势过大或者是几个谋士拉帮结派,但是这种情况很快就会被发现并予以纠正。

再说到最后一个弊端,谋士的进言未必都是善言,有的人是从自身的利益出发才会献谋献策的。无疑,"他在世上遇不见信德"指的是时代的特征,并非每个人的禀性。世界上有的人生性忠厚、诚恳、朴素、直爽,而不会狡猾奸诈和拐弯抹角,君主应当首先收拢这样的忠义之人。此外,谋士们通常不会很团结,他们往往是互相提防的。因此,如果有谁为君主出谋划策只是为了小集团的利益或个人的目的的话,那么多半也会传到君主的耳朵里。因此最好的补救方法就是:君主要了解他的谋士,就像谋士了解他的君主一样。那么"君主的德行中最可贵的一点就在于知人善用"。①

另一方面,顾问也不应当对他们的君主的为人作风过分地关注。一个顾问的真正品格,应是要了解主人的事务而不是主人的性情,只有这样他才会直言进谏,而不是一味地去迎合他的喜好。君主应该不仅能够个别地征求顾问的意见,还应能够征求他们集体的意见,这样做才是非常有利的。在私下里,人们将会更加大胆地发表自己的看法,和他的主人推心置腹。而每当大家在一起的时候,大多数情况下会人云亦云。因而,君主将两者兼顾起来十分有益处。在听取小官的意见时,最好是在私底下进行,为的是让他们畅所欲言,而在听取大官的意见

---

① 语出古罗马诗人马尔提阿利斯之《铭辞》第八卷第十五首。

时，则最好在公开的场合，因为只有那样才会让他们感到自己的意见受到了尊重。但是如果君主听取进言时只论事不论人的话，那么求言纳谏都将是徒劳的，因为事情的本身就像没有生命的图画一样，而事情实施的关键，则在于用人的慎重得当。

在对人的选择和任用上，如果仅用阶级作为标准的话，那会是非常不明智的做法。正如不可仅凭自己的模糊记忆或他人的精确描述，因大错之铸成或大智之显示都在于人之选择。"最好的进言者就是死去的人"就是这个意思。每当顾问们唯唯诺诺的时候，书籍也会直言，所以阅读大量的书籍是十分有好处的，尤其是那些曾经在政治舞台上扮演过重要角色的人所写出来的书。

现在，很多的议事机关大都只具有形式上的表决作用。他们只是议而不辩，这对政治是十分不利的。在讨论重大问题的时候，最好提前一天公布议题，待次日再付诸审议。俗话说得好："夜里出良策。"比如，"英格兰苏格兰合并事宜联合委员会"①就采用这种做法，该委员会曾是个庄严而有序的立法机构。

我赞赏议院为请愿安排出日期，这种安排使请愿者更清楚他们何时可来议院，同时也让各类会议有工夫讨论国事，从而使当务之急得到及时处理。在议会决定为一项事业成立临时委员会的时候，最好任用那些没有偏见、保持中立的人，这比选用双方的死硬派来达到一种均衡势态要好得多。但是我坚持认

---

① 该委员会成立于1604年10月20日，同年12月6日解散。

为，建立一些常设性的专门机构还是十分有必要的，例如，为解决贸易、财政、军事、法律等问题设立机构。因为既然有各种各样的议会特别会议，但却只有一个议会（和西班牙一样），那么这些特别会议实际上就等于是常设委员会，只是它们的权力更大些而已。应该由各常设委员会先听取各相应行业人士（如律师业、航海业和皇家铸币厂的人士）向议会的报告。这些特别会议应当承担审查的责任，然后，再在适当的时机把那些有必要请议会进行复审的重大问题提交议会。但是提交委员会讨论的时候是不能够成群结队的提议者参加的，以免形成胁迫议会的不利局面。

摆一张长桌或一张方桌，或在墙附近摆一些座位似乎只是形式问题，其实是实质问题。因为坐在长桌旁开会，坐在首要位置上的人，事实上也就是处在一种决策的位置。而若以其他形式排座，那位次较低者的意见便会多被采纳。君主在主持一次讨论的时候，应当注意，在讨论发生的过程中，不能够事先泄露自己的倾向，以免给与会者一些暗示或者压力。这样一来，讨论会上恐怕就只能听到一曲"我主英明"的赞歌了。

二十一　论迟误

　　命运就好像集市，人们在集市常常会遇到多等一会儿就会降价的便宜事儿。与此同时，命运有时候也像西比拉的开价卖书一样①，先是整套叫卖，后来烧掉了其中一部分，但仍坚持索要和之前一样的价钱。正像俗语说的："机会先把前额的头发显现出来给你抓，而你如果抓不到的话，她就转过来变成秃头让你看了。"②或者，"机会至少会先给你个瓶子把儿让你去拿，如果你不拿的话，它就再扔给你一个十分浑圆的瓶肚让你去抓住，但那是很难拿稳的。"在事情的起初和开端，把握好机遇，才是最为聪明的。

　　看起来危险并不是很大的事，其实危险可能已经不小。被骗其实要比被强迫危险得多。不仅如此，尽管危险还没有迫在眉睫，最好还是要迎头而上，半路阻击，而不要眼巴巴地干等它接近，因为人如果看久了，自己倒有可能懈怠了。另一个极端是当低悬的月亮把敌人的影子拖得很长时，容易使人受蒙蔽，就会擦枪走火，或者因出击过早而导致危险。

　　像上面所说的，时机是不是成熟一定要时时进行权衡。一般来讲，凡是有特别重大的行动，最好派号称百目巨人的阿尔

---

　　①　是古罗马一部神谕集，相传由女预言家西比拉所作并售与古罗马王政时代第七代王塔奎尼乌斯。

　　②　比喻最初见于古罗马作家加图的《道德箴言》第二卷。

戈斯一马当先，再派号称百臂巨人的布里阿柔斯随后。先要明察秋毫，然后再雷厉风行。明智的人可在隐形的普路托①之盔中得益，这盔可让策划隐而不宣，让行动雷厉风行。因为当事情到了不做不行的地步，迅雷不及掩耳就是最好的保密之术，就像一颗子弹出膛之后在空中疾驰而过，速度之快，是人眼所不能看清的。

---

① 同是希腊罗马神话中之冥王。

二十二　论狡猾

狡猾被看成一种畸形而邪恶的聪慧。毫无疑问,狡猾的人和聪慧的人存在天壤之别,这些区别不仅是在诚实上,而且也存在于能力上。有些人会在牌桌上动手脚,但是论牌技却并非高手;有些人善于结党营私,但在其他方面却是一无是处。精通人情交际是一码事儿,擅长处事待物又是另一码事儿。许多十分精于察言观色的人在处理实际事务上却差强人意,这就是揣摩人过多、钻研书过少的这类人的通病。这种人与其说是适合出谋划策,还不如说是更适合于耍弄诡诈。他们的特长只适合用于他们熟悉的环境,让他们去试探一下陌生人,就什么都摸不着了。以前曾经有这样一条辨别愚智的准则:"把他们两个人脱光了送到陌生人中间去,你就看明白了。"鉴于这些狡猾的人好像杂货铺的贩子一样,我们不妨将其货色陈列出来。

狡猾的特点之一,是在与人谈话的时候对人家察言观色。就像耶稣会①在其会规中所讲的一样,许多聪明人心里藏得住事情,但是脸上却藏不住。在察言观色的时候,也要像耶稣会士的做法一样,有时要恭顺地自敛其目。

另一个特点是,当你有急事要立刻处理时,先要对你所交涉的对象东拉西扯些其他的事,让他无所戒备从而不去推辞你

---

① 耶稣会是天主教一主要修会,其目的是反对宗教改革,重振天主教会,维护教皇权威。其行动信条是为达上述目的可以不择手段。

的请求。我认识一位枢密院顾问兼国务大臣,当他拿着许多文件来请伊丽莎白女王签名批复的时候,总是无一例外地先引着女王谈论一下当下的国事,这样她就不会太在意那些文件了。

当人在忙乱的时候,不能认真考虑的时候,趁热打铁地对他提出请求,同样可以达到出其不意的效果。

如果因为担心其他人会巧妙而有效地提议某事,想要对其加以阻止的时候,最好就是假装自己很赞同该事,并主动提出建议,但是这些提议提出的方式要与目的相反,防止这件事通过。

话到嘴边却突然收回去,好像突然意识到自己失言一样,这就更能撩起别人对所谈话题的兴趣,让人更想去寻根究底了。

无论什么样的话,假如是在追问之下得出来的,总比主动倾诉出来的要更加具有吸引力。因此,你可以设下一个诱饵,方法是摆出一副不同寻常的面容,好让别人关心你为何变色。就像尼希米所做的那样:"我素来在大王面前没有忧愁。"[1]

对难以启齿和令人不快的事,最好先让人微言轻者说出以打破僵局,让那些说话有分量的人装作碰巧遇到的样子,以便当事人向你提问以证实前者的通报。纳尔西索斯在向克劳狄亚斯举报迈莎利娜和西鲁斯的婚事[2]时,就是这样讲的。

对不想让自己牵扯进去的那些事情,一种狡猾的方法就

---

[1] 见《圣经·旧约·尼希米记》。
[2] 见塔西佗《编年史》第十一卷第二十九、第三十章。纳尔西索斯,是古罗马皇帝克劳狄亚斯的侍臣,闻知皇后迈莎利娜与其情夫西鲁斯秘密成婚,又不敢直陈皇帝,便先遣两名宫女向皇帝告密,然后自己再做详奏。

是借用其他人的名义，比如说"人家说……"或者"外面有人说……"

我曾经认识一个人，他写信的时候，总是把最紧要的事情写在附言里，好像那是一件捎带着要说的事情一样。我还认识一个人，他说话的时候，总是跳过他心中最想说的话，先向后说，再折回来说，好像是在讲一件差点儿要忘记的事情一样。

有人为了说服别人，等到他们想套住的人突然撞见自己的时候，故意装出慌张的样子。还让来人看到他的手里正拿着一封信，或者做着一些不寻常的事，等到那人问起，自己就可无所不谈了。

狡猾还有一种最大的要术，就是自己去散布一些话，让别人去学舌和散播，然后再从中得利。我知道在伊丽莎白女王的时候，曾经有两个人去竞争一个大臣的职务，他们的交情不错，而且经常商议事情。其中有一个说，在王权衰落的时期出任一位大臣是一件苦差事，所以他对此不太热衷。另外一位立刻就借用了这个说法，同他的很多朋友高谈阔论，说他没有理由在王权衰落的时候当一个大臣。先前的那个人便抓住这个话柄，并设计传给女王。女王一听"王权衰落"一说，十分反感，从此之后，她就再也不愿听取另外那个人的上奏了。

还有一种狡猾，我们在英国将其称为"锅里翻饼"，就是把自己对别人说过的话，说成别人对自己说的话。说实话，像这种发生在两个人之间的事情，谁是最开始说这件事的人确实说不清。

有人有这么一个招数，就是善于含沙射影，以否认的方式自我辩解,好像说:"我才不会干这种事。"暗示听者他的对手会干这种事。正如当年提戈里努斯在尼禄皇帝面前影射布尔胡斯那样:"他对陛下并无二心,只是想确保皇上平安。"①

有人收集了许多奇闻轶事,当他们需要暗示一些事情的时候,便把它编进一个故事里。这样做不仅可以保全自己,还可以让听者对这些津津乐道。

用自己的语言和论点表露想要的回答是一种耍滑的妙方,因为这样做较少使对方为难。

说来奇怪,有人在表达想要提及的正题之前,通常会打埋伏很长的时间,东拉西扯地把话题绕来绕去。这样做是需要很大耐心的,但却十分有用。

一个突然发生的、可怕而出人意料的问题,确实在很多情况下可以让人措手不及、不设防地袒露他们的心态。就好像一个隐姓埋名的人在圣保罗大教堂②散步的时候,有人突然来到他的背后直呼他的名字,他就会立刻回头看一样。

这些狡猾的把戏是数不胜数的,将它们罗列一下却是一件好事情。因为在一个国家之中,危害最大的,莫过于错把狡猾充当了聪明。无疑,有人对这些事情是知其然,而不知其所以然,就像一幢房子可能有便利的楼梯和大门,却没有像样的房间一样。所以你可以看到,这样的人有时在结论上虽然歪打正着,但是却一点儿也不能明察或辩证问题。然而,他

---

① 见塔西佗《编年史》第十四卷第五十九章。提戈里努斯,古罗马皇帝尼禄的宠臣。布尔胡斯,禁卫军司令,后被尼禄处死。
② 当时的圣保罗大教堂是一处供人散步、聊天的公共场合。

们通常却因为平庸而捞到好处,还会常常使人相信他们是栋梁之才。有人步步高升主要靠糊弄他人,用我们现在的讲法,就是靠耍手腕,而不是靠自己脚踏实地的努力。但所罗门说:"智者之智,在于明道;愚者之愚,在于欺诈。"①

---

① 语出《圣经·旧约·箴言》第十四章第八节。

二十三　论利己之道

若论为己营生,蚂蚁是一种聪明的、善于为自己谋划的动物,但对果园或庄园来说,显然是一种祸害。所以,过于自私自利的人就会损害公众的利益。人应当借着理性做到既自爱又爱人,不自欺欺人,尤其是不能欺骗君主和国家。

就像地球以自己为中心旋转是一样的道理,人也难免总是要把自己作为行动的轴心,而与诸天体有亲和力的万物都是围绕另一个天体为中心运行,并且从中获益。[①]对于一个君主,他的自私尚可容忍,因为他的利益不仅属于他一个人,也代表了国家、公众的利益。但作为一个君主的臣民或者一个国家的公民,自私自利一定是一种极坏的品质。因为不管什么事情,一过这种人的手,他们一定会按照自己的私利加以扭曲,其后果只会危害国家和君主。

所以,君主和国家在选择臣子的时候绝不可以挑这种人,除非只让他们做一些无关紧要的琐事。危害更大的是,一旦让这种自私自利的人得势,他们将会把一切本末倒置,把自身的所有私利置于君主和国家利益之上,可能会为了私利而牺牲民众利益,成为无耻的贪污腐化之徒。那些腐败堕落的政府官员、大使、将军,用一些他们自己的蝇头小利和些微妒意,毁损了

[①] 培根时代,人们相信托勒密的"地心说"。

君主和人民的重要利益。总的来说，这种人得到好处只不过是他的一己私利，而他为那好处所造成的祸害却等于毁了他主公的利益。"烧掉所有人的房子，只是为了煮熟自己家中的几个鸡蛋。"这正是一切极端自私之徒的天性。但往往这种人最易于取得君主的宠爱，因为他们的伎俩就是通过不择手段地向君主献媚取宠而实现目的、获取利益。只要他们的目的能够达到，就会置主人的利益不顾。

自私者的那种小聪明有很多种形式，但归根结底都是一种极其卑下的聪明。老鼠式的小聪明是自己打洞掏空了房基，而在房屋即将倒塌之前就逃之夭夭；狐狸式的聪明是欺骗獾来为它挖洞，洞一挖成就把獾轰走；鳄鱼式的聪明是在马上吞噬落入口中猎物的时候，却假情假意地流下悲哀的眼泪。西塞罗在评论庞塔时讲道：只爱自己的人，终究将遭遇不幸。因为他们时刻都在谋算自己的利益，为了自己而牺牲他人，并自以为已用其聪明缚住了命运的翅翼，到头来命运之神只会使他们沦为反复无常的命运的祭品。

二十四　论革新

人刚出生时的样子往往其貌不扬,改革创新的事物在出现伊始也是这样的,因为新事物乃时间孕育的产儿。

不过,尽管如此,最先创业的人,多数都要比继承者可敬。开风气之先河的榜样也为后世难及。因为对陷入了堕落的人性来说,恶就像是一种自由落体现象,越是下落到底部的时候力量反而最强,而善就像是一种抛物的现象,在最初运动时力量是最强的。

每一种药物都是一次革新,那些不愿意使用新药的人,一定躲不过得新病。唯有时间才是最了不起的革命家。假如时间循其正道使事物衰败,而人又没有良计良策使它好转,其结果将会如何?

确实,很多习以为常的事物,即使有缺陷但是也可以因为惯性而让人不断地坚持,而且长期在一起磨合的事物,看上去相辅相成,新的事物很难融入进去。新生的事物固然会因为它的特长而更加富有功效,但又因其与旧环境的不协调而经常招致麻烦。还有,新生的事物就像客居他乡的外来人,羡慕的人比较多,但是追随的人则比较少。

在时间静止不变的情况下,这些话当然都没错。但是历史是滚滚向前的,若一味地墨守成规,也会像革新一样成为致乱之源。对旧时代的过分推崇,只会成为新时代的笑柄。

所以，人们在革新时应当遵循时间本来的规律。时间确实经常使事情发生天翻地覆的变化，但又潜移默化于不知不觉之中，否则新生事物都成了始料不及的东西。凡事都是有人得到，有人失去，有得者可视之为幸运，归功于命运，而有失者则视之为飞来横祸，归罪于革新者。

因此在政治上，如果不是势在必行或者是功效卓著的话，最好不要搞实验。务须注意，改革应是可带来变化的改良，而非假装改良的喜新厌旧的变化。最后，对新奇的事情虽然不是一定要拒之门外，也应该有所质疑，且按《圣经》所说："我们站在古道上，放眼四周，如果见有合适的大道，就会行在其上。"①

---

① 见《圣经·旧约·耶利米书》第六章第十六节。

二十五　论利落

　　贪图利落可谓做事的大忌之一。它就好像医生所谓的"预先消化"或"过快消化"一样①，免不了会在体内残留还没有彻底被吸收的食物，从而留下难以察觉的病根。所以，衡量办事是不是迅速，不要以耗时之多少为准，而应当以工作的进展程度为衡量标准，比如在赛跑的时候，脚步跨得特别大或者两腿抬得特别高，不一定就跑得特别快。在工作上也是这样，一心一意地做事而不一味地贪多才会做得特别利落。有些人为了要强充自己是一个利落的人，总是急着要把事情都干完，或者想用取巧的方法将还没完成的事草草地对付。然而，做事紧凑省时是一回事儿，因为偷懒而减少工作时间是另一回事儿。而且，如此了结之事要开许多次会议商讨对策，只会使其来来回回，反复无常。我曾经认识一位明白人，他见人家急于求成时，就会有这样一句口头禅："慢慢来，我们就能早些做完事情了。"

　　另一方面，名副其实的利落乃是一件十分可贵的事情。因为，就像金钱是衡量商品价值的标准一样，时间也是计量办事效率的准绳。如果做事不够利落，就要付出很大的代价。斯巴达人和西班牙人一向以慢条斯理出名，"让我的死神从西班牙来吧"，说的就是希望死亡来得慢一些的意思。

---

　　① 用模拟消化过程的加工方法对食物进行预先处理，一般用于伤病员。

应当多多听取那些在工作上提供第一手资料的人的建议。如果要做一些指示，宁可在他们发言之前进行说明，也不要在他们的发言中插话。因为发言者被打乱思路就会颠三倒四，重复旧题，比顺着思路一气呵成要更加啰唆。有时十分常见的情况就是，一个喜欢插嘴的会议主席比一个啰唆的发言人还要烦人。

说话重复，多半是在浪费时间。但是，反复阐述问题的重点却最能节约时间，这样一来就会省掉很多随口说出的废话。发言不宜拖泥带水，否则就会像赛跑的时候披着长袍和大衫一样。开场白、绕圈子、辩白和其他有关个人的言谈都是十分浪费时间的。而且，这些话虽然听上去谦恭有礼，实际上却在摆花架子。然而，当听者抱有成见时，我们说话千万不可过于直接，因为听者心存偏见，总是需要有一定铺垫的，就像用热敷法使药膏渗入身体才能生效一样。

利落的关键，在于做事有条不紊、各司其职，以及重点突出。职责分配不可过于粗略，因未分职责者对事情会不闻不问，分配职责过多者则会忙得不顾后果。做事把握时机就是节约时间，不合时宜的行为就只能是徒劳无功。做事有三个步骤：筹备、论证以及执行。你想要做事快速的话，在这三步中，只应在中间这一步让较多人进行参与，而在一头和一尾这两个步骤中，应尽量让少数人进行参与。①事先拟订好方案，会更有效率。就算事先拟订的方案被完全否定，也要比漫无边际更有指导意义，正如炉灰还可以作为肥料为植物提供生长养料，而尘埃却没有任何作用。

---

① 此处"你"、"较多人"和"少数人"分别指当时的英国国王、国会和枢密院。

二十六　论假聪明

人们素来认为，法国人实际比外表聪明，西班牙人外表比实际聪明。无论此种说法是否准确，人与人之间的情况可的确如此。

这正如圣保罗谈起虔诚一事："有虔诚的外表，行为却与虔诚的意义背道而驰。"① 有些人看似聪明能干，却做不了或很少去做正经事："极其费力地做点儿小事。"这种中看不中用的绣花枕头般的人招式繁多，意图将表面的肤浅打扮得博大精深，可这种把戏在有识之士看来，乃是一出笑料百出的闹剧。

有些人则讳莫如深，好像不到暗处他的货色就不肯亮出来，总好像有什么藏着掖着。他们自知对所谈论的事情一知半解时，却依然在他人面前显出一副他们不是不懂，只是不能言传的样子。

有些人要靠表情和手势，使他们显得精明。如同西塞罗嘲讽皮索②那样，说他："你把一条眉毛高高地挑上额头，把另一条眉毛几乎撒到下巴，你还说你不赞成残忍？"

另外一些人则坚持不懈地以为用豪言壮语就能显得雄辩非凡，并把自己无法证实的事咄咄逼人地当作不容置疑的真理。

---

① 语出《圣经·新约·提摩太后书》第三章第五节。
② 皮索，恺撒之岳父，公元前58年任执政官时曾与保民官克劳迪乌斯一道控告西塞罗违法，使之流亡于希腊、马其顿等地。

有些人对他们理解不了的任何事都装出一副不屑一顾的样子，讥讽其为无聊或莫名其妙，并借此以无知无畏来冒充卓有见识。

还有些人总爱别出心裁，为了哗众取宠，他们往往大多以花言巧语来混淆视听。杰利乌斯嘲笑这种人是"靠花言巧语坏了大事的傻瓜"①。在《普罗塔拉篇》中，柏拉图也曾谈起这种人，普罗迪库斯成为他讽刺的对象。柏拉图让他做了一篇演讲，他故意从头到尾使用各种怪异词汇，语不惊人死不休。这种人通常在各种会议中以吹毛求疵为乐趣，而且喜欢假装事先就洞悉一切困难，并以扮演反对的角色来博得智慧的名声。其实，各种提案被否决对他而言才是如释重负，万事大吉，否则就得去干一堆新的工作。这种小聪明实乃做事之祸根。

就像背运的生意人或破产的富豪处心积虑要摆出一副富有的门面一样，这些不学无术之人非得靠投机取巧来维护其能干的名声不可。只不过使出诡计方式，后者比前者更层出不穷。所以，与其雇用一个哗众取宠的"假聪明"，还不如雇用一个反应迟钝些的老实人。

---

① 语出古罗马修辞学家昆提利安的《雄辩术教程》，并非出自古罗马作家杰利乌斯笔下。

二十七　论友谊

亚里士多德曾经说过："一个真正喜欢孤独的人，如果不是野兽，那他就是神。"①

恐怕没有其他的经典名言能比这句话更混淆真理与谬误的界限了。因为一个人若对社会天生就有一种隐秘的仇恨和反感，这也许表明他的确有几分兽性。而说到神性，除非他这样做是为了寻找在社会之外的一种更为高尚纯洁的生活，而并非来自对孤独的渴望，否则在他的身上恐怕是找不出来什么神性的。这种更崇高的向往在传说中见于一些异教徒，如克里特岛人埃庇门笛斯、古罗马国王努马、西西里岛人恩培多克勒和蒂尔那人阿波罗尼乌斯，在现实中则见于古代的许多隐士和教会中的众多神父。

普通人似乎不常与孤独为伍，他们不熟悉孤独，也未曾探究孤独的范围有多大。但孤独无处不在，尤其在人情冷漠的地方，熙熙攘攘的人群并不都是亲密的情侣或心灵的知己，潮水一般的面孔也不过是画廊中呆板的肖像画展品，而激烈的讨论和嘈杂的谈话听起来更像是铙钹胡乱敲打的声音。有一句拉丁格言逼真地描述了这一景象：城市其实就是一片荒野。这意味着在城市里更为孤独，当人们各自归家，就关上大门，

---

① 语出亚里士多德《政治学》第一章第二节。

大多数的人难以找到那种小镇上的友谊。而我们的人生经历告诉我们，一个人如果没有真正的朋友和友谊，才是一种纯粹而可悲的孤独。这个世界之所以是一片荒野，是因为没有真正的友谊，在这种意义上的荒野，如果有人天性否定友谊，那么他的天性肯定是来自禽兽，而不是人类。

友谊的一个主要功能是可以将人心中郁积的各种情感和心事宣泄和释放出来。我们都知道，对人体危害最大的病症莫过于循环阻滞和呼吸不畅，须知情感之郁积基本上亦复如此。沙土①可以用来养肝，铁剂能够健脾，服硫华舒肺，海狸香能通脑，但只有真正的朋友，才是舒心的灵丹妙药。与真心的朋友在一起，你能无拘无束地忏悔和自白，无论忧愁、欢乐、恐惧、希望、疑虑、忠告，以及任何压在你心底的事，你都能坦率地诉说。

伟大的国王和君主们给这种友谊评价很高。世人定会感到奇怪，君主往往需要冒着给自己的安全带来的十足风险去购买它。因为君主与他的臣民和仆人距离太远，除非他们能够把一些人擢升到几乎与自己平起平坐的地位，否则就不能得到这种友谊，而不幸的是，这样做往往又会带来更多的麻烦。在现代语言中，这种人被叫作亲信，或者心腹，仿佛这只不过是一种宠爱或者信任。但是在罗马语中，给予这些人的称呼似乎更能表达出其真正的用处。罗马语将他们称为"分担忧愁的人"，这种说法反映了它存在的原因和目的，因为能结成君臣友谊的恰恰就是这种人。

---

① 荆棘的一种，其根为草药，据说可治肝病。

纵观历史，我们可以清楚地看到，不仅那些软弱而又容易冲动的君主是这样，即使是那些被公认为最具有智慧的君主也是这样，他们往往喜欢和他们的一些臣仆交往，彼此之间以朋友相称，并让其他人也觉得他们是朋友，即朋友一词对于他们而言与普通人的意义无异。罗马的大独裁者苏拉曾经与庞培结交，对庞培言语上的冒犯也能一并容忍，以致庞培自诩已胜过苏拉。因为有一次庞培不顾苏拉的好恶让自己的一个朋友当了执政官，苏拉对此稍有不满，并开始以帝王的口吻说话，可庞培居然对他发怒，实际上还命令他免开尊口，毕竟"崇拜朝阳者比赞美落日者更多"。

伟大的恺撒大帝也曾经与布鲁图斯是非常亲密的朋友，并把他立为第二顺序继承人，可正是此人具有把他拖向死亡的能力。因为当恺撒考虑到一些凶兆，尤其是考虑到妻子卡尔普尼娅的不祥之梦，正准备取消那次元老院会议时，是布鲁图挽住他的胳臂，轻轻地把他从座椅上拉起，并说他不希望恺撒让元老们失望，不希望恺撒等妻子做了好梦后再让元老院开会。此举足见他受宠之深，正如西塞罗在一篇抨击安东尼的演说中全文引述的一封安东尼的信所说的那样，安东尼在该信中把布鲁图称为巫师，仿佛他是用巫术迷惑了恺撒似的。

出身卑微的阿格里巴也成为奥古斯都的亲密朋友，后来当奥古斯都为了女儿朱丽娅的婚事向迈塞纳斯咨询时，迈塞纳斯竟然脱口而出："因为你让阿格里巴拥有了太大的权力，所以你要么把女儿嫁给阿格里巴，要么把阿格里巴杀掉，再没有第三条路。"

提比略也把塞雅努斯提升到了显赫的位置,以致别人把他俩视为并称作一对朋友。提比略在给塞雅努斯的一封信里写道:"因为我们是朋友,所以这些事我都没有瞒你。"元老院像给女神献祭一样,为了称许他们之间真挚无比的伟大友谊,特地为他们的友谊筑造了一个祭坛。

有过之而无不及的是塞珀提米乌斯·塞维鲁与普劳提阿努斯之间的友谊。为了友谊,他强迫长子娶普劳提阿努斯的女儿为妻,并始终袒护他的朋友,甚至在普劳提阿努斯公然冒犯他儿子的时候,他还给元老院写了一封信说:"我甚至愿意在他死之前死去,我太爱这个人了。"

如果这些君主像图拉真和马可·奥勒利乌斯一样的话,那么人们就会认为这不过是来自天性善良的软弱,但这些君主都是非常精明、刚强而又严厉的,而且非常爱护自己,因而也就可以清楚地看出他们发现自己的幸福(尽管已到凡人的极致)如果没有朋友成全仍然显得美中不足,君主们有妻子、儿女,然而这些人却都不能提供友谊所能带来的慰藉,而拥有朋友能让幸福变得完整起来。

法兰西历史学家科梅尼曾对他的君主查理公爵进行过深入的观察,结论是查理公爵从不愿与其他人商讨秘密,尤其是那些最使他为难的秘密。科梅尼评价说:后来他这种喜欢独来独往的性格毁掉了他的判断力。其实,路易十一——科梅尼后来所服侍的另一位君主——更是这样一个人,而这种孤独也正是路易十一一生最大的绊脚石。毕达哥拉斯曾说过一句略显晦涩难解的格言:"不要啃噬自己的心。"的确如此,如果将这句比喻讲得更明白一些，也可以说，那些没有朋友的人，其实就是在啃噬自己心灵的人。

实际上，友谊的奇特作用就在于：如果你和朋友分享快乐，你将得到双倍的快乐，而如果你把忧愁向一个朋友倾吐，那么他将为你分担一半的忧愁。所以友谊对于人生来说，就像炼金术士所要寻找的那种神奇的"点金石"。它在不同的方面可以产生完全相反的效果，但仍然对人有益。不过即使不替炼金术士鼓吹，通常也有一种明显的类似比喻，正如在自然界中，物质通过结合可以使力量得以增强，同时也可削弱并减轻外力的影响，其实人与人之间也是如此，这实际上也是一种很自然的规律。

友谊可以把感情中的急风骤雨变成风和日丽，也可以把理智中的混沌黑夜变成明朗白昼，它不仅对心理的健康有益，而且对理智的健全也是不无好处的。这种变化不仅因为有了朋友的忠告，还在于任何被苦思冥想所折磨的人，在得到平心静气的交流时，他的头脑就会变得更加灵活，心智也会更加豁朗，也就更善于表达和整理自己的想法和思维，最后当他逐渐认识到自己的思想是如何变成语言的，他最终会变得更加明智。这也就是所说的一小时的交谈会胜过一整天的沉思。特米斯托克利向波斯王讲过一段非常精彩的话，他说："思想就像是一幅还没有打开的挂毯，心向和意念只是被裹在了里面，而语言就像是一幅展开的挂毯，心向和意念都显现在它的图案之中。"说到友谊具有开启理智的作用，它的适用范围也不仅仅局限于那些有能力给予忠告的朋友（这种朋友的确最好），即使没有这样的朋友，人也可以听到自己的心灵之声，明确自己的想法，就像在砺石上打磨刀剑,锋刃只会越磨越亮而不会受到伤害。总而言之,人即便只是对一尊塑像或一幅绘画吐露心声,也不要让他的所思所想窒息在心里。

为了充分说明友谊的第二种作用,我要强调忠告的作用。这一点其实是显而易见的,平民百姓也能注意到这一点。赫拉克利特有一句非常精彩但语意略显晦涩的话,他说:"纯粹之光总是最好的。"毫无疑问,一个人通过接受另外一个人的忠告而获得的思想上的光明,与仅仅通过他本人的理解和判断所获得的思想之光相比,要更加纯粹,因为仅靠本人的理解和判断所获得的,难免会充满和浸透着个人感情和习惯的杂质。因而,就像是朋友给予的忠告和自我规劝的差别一样,朋友给予的忠告和吹捧者的奉承存在着极大的差别。因为人本身就是这个世界上自己最大的拍马屁者。而朋友的直言不讳则是医治拍自己的马屁的良药。

忠告分为两种:一种是关于道德的,而另一种则是关于事业的。谈到第一种,可以认为朋友的忠实劝告是使头脑保持健康的一剂良药。如果一个人勇于严格要求自己,不失为一种药物,但有时候过于猛烈和带有腐蚀性,副作用太大。如果一味地阅读有关道德修养的好书,则可能会有点儿单调和沉闷。在别人的身上观察自己的过失,有时又往往与我们的真实情况不相符,而最好的药方(我说的是最有效,最易服用的)就是朋友的规劝。大量事实证明,很多人由于没有朋友向他们提出忠告,从而犯下了严重的错误,甚至做出了给名声和事业造成了巨大损失的极端荒唐的事情。正如圣雅各所说,他们就是"有时会照照镜子，但是很快就会忘记自己长相"的人，因为他们身边缺少一个忠诚的朋友。

说到事业，很多人认为一只眼睛看到的未必比两只眼睛看到的少；或者认为当事人最明白自己的处境；又或者说怒火中烧的人中未必没有一个冷静的人明智；或者一只火枪，既可以端在手臂开火，也可以架在支座上开火；诸如此类。这都是一些幼稚而又可笑的想象，认为自己就是一切的一切。但等一切都试过之后，他会发现有同路人给予忠告才能使事业去偏就正。

如果有人认为，他愿意接受忠告，但必须一条一条来，可以向一个人求教一个问题，又向另外一个人求教另一个问题，当然这也不是不可以的。但这种做法有两个危险：一是他将得不到忠实的劝告，因为除非这个劝告是出自一个完全诚心的朋友，否则就只有那种出于某些不可告人的目的而提出的劝告。二是他得到的劝告是有害的，而且混杂着无所适从。这就像看医生一样，某位医生被认为是治疗你所患疾病的权威专家，但他却并不了解你的体质，因此即便将你治好，也可能只是暂时的，更糟糕的还可能在其他方面却又毁掉了你的健康，矛盾的结果是，虽然治好了疾病却又要了人命，岂不是得不偿失。但一个了解你的朋友却会留心细节，即在推进事务前进的同时提醒你注意其他不必要的麻烦。因此，不要指望分散的劝告，因为它们不能让你心情平静下来并给予正确的指导，相反，可能会转移你的注意力，甚至会误导方向。

友谊除上述两种卓越的成效（平和感情、支持判断）之外，友谊的最后一种益处就像一个石榴的果仁那么多，此比喻的意思是说这种作用可见于各种日常行为和各种场合。如果一定要来形容它，你只要思考一下生活中有多少事不能靠自己去做，就可以知道友谊有多少益处了。因此，古代的哲人说：朋友就是第二个"我"。但其实这句话是不完善的，因为朋友并不仅仅是另外一个"我"。人的生命是有限的，多少人抱着功未成、名未就的遗憾和对子女的担心撒手人寰。但是如果有一位知心的挚友，此人就可以安心地瞑目了，因为他没有完成的事业将由一位可靠的人来承担，一个好朋友实际上可以是你的又一次生命，最起码可以使你的生命中未完成的事业得到延续。人生中有很多事是不方便亲自去做的，比如一个人是很难陈述自己的功绩的，这是为了避免有自夸之嫌。或者有时需要帮助的时候，人的自尊心往往又会阻止人们低下头去恳求别人。但是一位可靠而忠实的朋友，能够让这些事既容易又妥当地办到。另外，一个人的社会角色使他有许多没法摆脱的关系，比如，在儿子面前，你是威严睿智的父亲；在妻子面前，你是坚强可靠的丈夫；而在仇敌面前，你是凛然不可侵犯的。但是面对朋友，你就可以全然不计较这一切了，因为他会就事论事，不必考虑与听话人的关系。

　　友谊对人生的重要性一时难以言尽，我曾提供过一条规则——当一个人在自己的角色演不好的情况下，如果他平生没有任何可以信赖的朋友，那么我只能很无奈地说他的结局只有失败！

二十八　论消费

　　赚钱是为了消费，但是消费还是首先要以荣誉和行善为基准。特别是大笔的开支更需要根据它的用途的价值大小为度，为了祖国和为了天国都有人甘愿倾尽其有，但日常的花销则应该以个人财力为尺度，不要被仆人所欺瞒，要根据自己的实际能力来确定支出，并在此基础上尽可能把一切都安排体面，使实际花销低于外人的估计。

　　如果一个人只想保持收支平衡，他的日常消费就应该只占他收入的一半。但如果他想变得富有的话，那么他的消费就应该不超过收入的三分之一。屈就一下来检查自己的财产，绝不是有失身份的事情，即使是大人物也不例外。有些人不肯这样做，不仅仅是因为疏忽大意而不愿去做，而是因为害怕发现自己面临财务的困境，从而使自己感到沮丧。但是如果不仔细检查伤口，伤口是永远都不能被治愈的。不经常检查自己财产的人，就必须用人得当，经常谨慎地调换人手，因为新雇佣的人可能胆子小。

　　不常清点自家财产者，也有必要把一切日常的收入和支出限定下来，以保证收支的平衡。这意味着，如果某项开支增大，就必须在其他项目上加倍节俭。比如，偏爱精美高价的食物，就应当在衣着上节俭；如果在房屋上投入太多装饰费用，就应当在马厩上节俭；如此等等，不一而足。在每项开支上都大手大脚的人，最终只会倾家荡产。对于那些背负着债务的家庭，急于求成和长期拖欠一样有害，因为草率变卖家产还债一般跟借钱背息还账一样不利。何况一下子就还清欠债的人往往还会去再次借债，因为他一旦发现自己已经轻松地脱离了困境，就会放任自己重走老路。那些慢慢地偿还欠债的人，在偿还的过程中就会逐渐养成节俭的习惯，而这缓慢的过程既有益于他心态的健康，也有益于他财产的增加。

要维护自身尊严，需要注意小节。在通常情况下，与其低声下气地去赚取一些小利，倒不如体体面面地去节省一些小钱。一个人设立开销项目时，对于那些属于开了头就会收不住的连续性开支，应当三思而后行，而对于那些不会重复可以承担的一次性开支，大方一回倒是没有大碍。

二十九　论强大

雅典人特米斯托克利常常让人觉得居功自傲，因为他喜欢通过言论为自己表功。不过如果此举全部用到别人身上，就会被视为真知灼见。有人在一次宴会上请他弹琴助兴，他却回答说："我不擅长琴艺，不过要说到如何把小国变成大邦，我却非常精通。"① 他只不过借助了隐喻的手法，就形象生动地把政治家所具有的两种不同本领表达出来了。

如果认真地审查一下政府官员，那么国人便可以清楚地知道，倒是有（尽管少）那种不擅长弹琴的人却能够使小国变成大邦的，而那些精于弹琴的人却大有人在，他们很可能不但没有把小国变成大邦的本领，相反却具有一种能力——那就是把一个繁荣昌盛的国家引向衰败和没落。很多官员凭借这种下作功夫和本事可以讨得君主的欢心并赢得百姓的喝彩，那么毋庸置疑，这种本事没有比用"乱弹琴"来形容更合适的了。简单地说，这一类雕虫小技只能讨得人一时的欢心，使那些玩弄手腕的人自己出了风头，但是对他们所服务的国家的繁荣进步却毫无益处。还有一些高官要员也许可以被视为"称职"的，全赖他们对国家事务巧妙地处理，确保国家不陷入危机和困境之中，但是这样的称职并不是使国力得到增强、使国库得以充裕、使

---

① 见普鲁塔克《希腊罗马名人列传》中之《特米斯托克利篇》第二章第三节。

国运走向繁荣昌盛的才能。

关于官员的话题我们就先说到这里，国事本身是我们更想谈的，也就是谈谈何为一个国家的真正强盛以及如何才能走向强盛的道路，这才是雄主明君想要听的。谈论这个话题的目的在于两个方面：一是让君主们不要因为高估自己而妄自尊大，二是让他们也不要因为过分低估自己而优柔寡断。你可以测量一个国家疆域的大小，可以计算财政收入的多少，可以从户籍册中得知人口的分布，可以从地图上得知城镇的多少和大小。然而涉及对一个国家国力的评估判断时，就很容易犯错误了。天国没有被比作一个大大的果仁或者干果，而是被比作一粒小小的芥子，虽然只是一种非常小的种子，但却拥有迅速成长和蔓延的特点及活力①。这正如有一些国家虽然幅员辽阔，却并不能够扩大领土或者领导他国，而另外一些国家疆域虽然狭小，却拥有成为伟大君主国的基础。同样，如果国民不是具有那种强悍而且崇尚武力的体质和气质，那么坚固的城池、弹药库、骏马、战车、军械和大炮等只不过是披着狮子皮的绵羊，外强中干，关键时刻不中用。这即是说明，如果民众胆小如鼠，国家军队数量再大也无济于事，正如维吉尔所说："羊即使再多，也不会令一头狼感到为难。"

埃尔比勒平原上的波斯军队好像一片茫茫人海，阵势颇为壮观，以致亚历山大阵营里的将军都感到有些惊恐不安，于是他们建议亚历山大在夜间进行偷袭。不过亚历山大说他不喜

---

① 见《圣经·新约·马太福音》第十三章第三十一、三十二节。

欢偷偷摸摸，结果他轻轻松松、光明正大地取得了胜利。亚美尼亚王提格拉尼率领四十万军队驻扎在山头，当他看到进攻他的是仅有一万四千人马的罗马军队，便乐不可支地说："这些人作为使者倒是绰绰有余，但是和我们作战就显得太微不足道了。"但是还没到傍晚，他就被这支看似弱小的队伍打得屁滚尿流，呼天喊地。所以说，两军相逢勇者胜，兵力强弱在于骁勇而不在于数量。因此我们可以断言，一个国家要想强大，关键就在于要有一族善战的国民。俗话说得好："金钱是战争的肌肉。"但是如果这肌肉是附属在萎靡阴柔的民众双臂上的话，那么也就只能是一堆烂肉罢了。利底亚的国王克里沙斯曾向雅典政治家索伦夸耀他的财富，索伦回答说："陛下，这些财富不属于任何人，在未来的日子里它只归强者所有。"所以，治理国家的人应当懂得这样一个道理，除非他的军队的战士个个优秀骁勇，否则一定要清醒地估计自己的力量。另一方面，如果有些君主拥有充满尚武精神的臣民，他们也应该清楚自己的力量，除非这些臣民在别的方面还有缺陷。至于那些花钱雇来的散兵游勇，先例已证明，哪个国家若依赖他们，也许一时可以展翅雄飞，但很快就会折翼雌伏。

　　如果一个国家的人民负担着太重的苛捐杂税，他的人民永远都不可能是勇敢尚武的。犹大和萨迦的福分是永远不会相合的，所以同一个民族同一个国家，不会既是幼狮，又是驮驴。反过来说，一个人民自愿缴纳赋税的国家却是例外，低地国家就是这一类国家。在某种程度上，英国的王室特别津贴也是个例子，我们讲的是心力而不是财力，同样的捐税，无论是经过同意的还是强加的，对于钱财来讲是一码事，但对于勇气的作用就大相径庭了。因此一个赋税过重的国家也是不可能走向强大的。如果想让国力变强盛，那么还应当抑制不劳而获的贵族增长过快，这会使普通臣民论为雇农贱民，胸无大志。农民与工匠的劳动成果，都将被贵族全部吞食消耗掉，农民就成了贵族的劳工。这也正像森林中的情况一样，高大的乔木长得过密，投下浓重的黑影，底下很难有井然有序的灌木林，有的只是一片杂乱无章的灌木丛。

同样，在一个国家里，如果官僚的人数过多，就会使平民百姓的地位变得卑贱。所造成的结果就是，在一百个人里面，找不出一个宜是戴头盔的。我们都知道，步兵是军队的中流砥柱。但是我们经常见到的结果就是，某个国家虽然人口众多但是实力却非常弱小。只消把英国和法国放在一起做比较，就可以清楚地看到这一点。英国虽然领土比法国小得多，而且人口也比法国少得多，但是却一直是法国的一个劲敌。这是因为，在英国，一般的民众都可以成为优秀的士兵，而法国的优秀士兵则不可能是随便一个雇农。英王亨利七世的策略在这一点上是值得敬佩的。在农业上，他给农庄和养殖户都限定了最低标准，也就是说，可以使耕者有其田，而不是处于被奴役的状态，成为没精打采的雇佣工。这样一来，维吉尔所描述的古代意大利的那种气势磅礴的局面就可以成为现实了：一个国家拥有强大的武力和肥沃的土地。

还有一种情况也是不容忽视的，就是那种连贵族和上流人士的仆从都享有自由的国家。据我所知，这种情形大概是英国所特有的，除了波兰，我在其他地方从来没有再见过。这些享有自由的仆从在从军的素质上一点儿也不逊于自由的平民。因此，当贵族和上流社会的辉煌、豪气、前呼后拥的排场，慷慨有礼的风尚潜移默化地成为当地的习俗之后，的确是有助于一个国家在军事上走向强大的。与此相反，如果连贵族与上流人士都在生活上封闭拘谨，则必定会导致军力的困乏。

就像尼布贾尼撒在梦中所见到的国粹之树那样，干枝无论如何都要强大到足以支撑起相应比例的树枝和树叶。① 也就是说，君主或国家的原有国民同他们所统治的归顺臣民的数量，必须保持一个适当的比例。所以那些对异族臣民之归顺持开明态度的国家都易于成为帝国。一个小但拥有大智大勇的民族，固然可以在短时间内征服并占有大片的国土，但风光不过一时，用不了多久就会土崩瓦解。斯巴达人一向在外人归顺这件事上眼光非常挑剔，因此当他们固守本土时，固若金汤，坚不可摧，一旦他们开始对外扩张，领土范围之于统治者的能力就像树叶大到连树干都支持不了的时候，他们就如同冬天风吹果落一样，突然消亡。与之相反，罗马是历史上最乐于向世界开放的城邦，因此罗马一帆风顺，渐渐形成了世上最庞大的帝国。罗马人愿意把公民权授予一切愿意归顺罗马的人，即让他们入籍，至于他们出生在什么国度，罗马人毫不关心。不仅如此，他们还允许这些外籍公民享有与罗马人完全相同的权利——不但享有财产权、婚嫁权、继承

---

① 参见《圣经·旧约·但以理书》第四章。

权,而且还享有选举权和被选举的权利。这些权利不但被授予个人,也授予家族、城邦,甚至一个民族。同时,罗马人也有殖民的习惯,他们不断向外扩张、拓展和移民。于是罗马的制度也就随着罗马的殖民而被移入异国他乡,并使不同的习俗合二为一。一方面是罗马走向了世界,另一方面是世界走进了罗马。这才是可靠的强国之道。

同样,让我们感到非常惊异的是,为什么西班牙人人口如此稀少却可以获得并保持那么强大的宗主权。相比于上述两者,西班牙本土无疑是一株巨大的树干,它的力量远远胜过了兴国之初的罗马和斯巴达。除此之外,虽然他们从来没有让异族人自由入籍的惯例,但是他们却有一种仅次于授予国籍的方式,即他们招募各族人进入军队,并且一视同仁,甚至有时候还让异族的人担任高级将领,从西班牙国王颁布的国事诏书来看,他们此刻好像也意识到了本土人丁不旺的缺陷。

有的行业,比如制造精密的仪器,是需要长时间坐在室内工作和精密制作(需要手巧,不要臂强)的。这些工种的性质与军人的性格确实格格不入。好战的人在一般情况下都有一点儿懒散的习性,他们更喜欢冒险而不是劳动。如果要保持他们的尚武精神,就不要过于苛求他们,试图去改变他们的性格。因而,奴隶在古代的斯巴达、雅典、罗马,以及其他的国家被广泛地使用,因为上述制造业都由奴隶去完成,这是一个国家善战的有利条件。但是,蓄奴制几乎被基督教的戒律废除了。因此现在最接近于蓄奴的做法,就是让异族人来从事那些行业。这样异族人也就更容易在所在国家容身,而国家统治者也就可以把大多数的本国平民限制在三种行业中——有土地的耕作者、自由的仆人,以及从事有男子汉气概行业的手工艺者,如铁匠、石匠、木匠等,职业军人还不算在内。

  国家要想强大,更为重要的,就是举国上下必须把军事作为至高无上的荣耀、目标和职业。我们前面所讨论的那些事只不过是表面的军备而已,但是表面的军备再好又有什么用呢?必须有明确的目标和行动才行。罗穆卢斯在升天后留给古罗马人一个神谕,教他们首先应该致力于军事,只有这样,他们才能成为世界上最强大的帝国。斯巴达的国体结构完全是为了达到这个意图和目的而建立起来的。波斯人和马其顿人也做过这种努力,一度建起庞大的帝国,但其结果不过是转瞬即逝。高卢人、日耳曼人、哥特人、撒克逊人、诺曼人,以及其他民族也都曾盛极一时。土耳其人直到现在也还是这样,虽然比起过去要逊色多了。在信仰基督教的欧洲,实际上只有西班牙人成就了霸业。不过"业精于勤",这是一个非常明显的道理,是用不着赘述的。一个显而易见的道理就是,任何一个希望成为强国的国家都离不开直截了当的宣称尚武。那些长期以来崇尚武力的国家,简直是创造了奇迹,这是被历史所证明了的。即使只是在一个时期重视军事的国家,不仅在当时强大,在很久以后,武力已经日渐衰微的时候,却仍然拥有那种安全保障。

  国家需要有一个冠冕堂皇的战争理由或法律才能动用武力,这是因为人具有与生俱来的正义感,所以如果没有某些至少看起来公正的理由,人们一般不愿投入一场将导致无穷灾难的战争。土耳其人通常都使用传播宗教作为战争的理由。罗马人把拓展帝国疆域视为建功统帅们的殊荣，但并不意味着他们把扩展疆域作为对外发动战争的唯一理由。

因此想要通过武力走向富强的国家必须做到以下两点：其一，就是要非常敏感地察觉其他国家施加在本国边境居民、过境商人或外交使节身上的无礼行为，并且要及时地对挑衅做出反应；其二，就是像当年的罗马人那样，随时准备在援助盟国时以最快的速度出兵。罗马人的原则就是，如果一个受到外敌入侵的盟国与其他国家也订有共同防御的盟约并分别向多个国家求援，那么罗马人的军队总是最先赶到的，他们是绝对不会把这份荣誉留给其他国家的。至于古人为了某个党派或某国的政体而进行的战争，我倒不知道用什么来证明它的正当性，如罗马人为了希腊的自由而进行的战争[1]，又如斯巴达人和雅典人为在希腊各城邦间建立或推翻民主政体或寡头政体而进行的战争[2]，再如一国以主持公道、提供保护、解救受到专制压迫的国民为理由而发动的战争，等等。总而言之，一个不善于寻找战争理由的国家是不可能走向强大的。

一个人如果不经常锻炼，那么他的身体不会健壮。同样，对国家而言，每参加一次师出有名的战争就可以得到一次充分的锻炼。当然，这并不包括内战，因为国内战争固然如同感冒发烧，可对外战争就像运动发热，有益于健康，因为在歌舞升平中，民气易变阴柔，民风易趋堕落。不管战争与国民的幸福关系如何，毫无疑问，对于国家的强大而言，大部分民众执戈待旦

---

[1] 指"第二次马其顿战争"（前200—前197）。
[2] 指伯罗奔尼撒战争（前431—前404）。

是有好处的,保持一支强大的、随时可以投入战斗的常备军以在邻国之中获得威望。西班牙人就是这样做的,做海上霸主就等于建立了一个小帝国,他们那支训练有素、常备不懈的军队已经连续转战达一百二十年的历史了。

西塞罗在给阿提卡的一封信中谈到庞培为了与恺撒交战而进行的准备。西塞罗说:"庞培严格地遵循特米斯托克利式的方针,他认为谁控制了海洋,谁就控制了一切。"毫无疑问,如果庞培不是出于虚荣和狂妄而弃舟登陆的话,那么恺撒一定会在海战的强大压力下疲于奔命的。由此我们可以看到海战所带来的重大影响。成为海上的霸主,就是获得最高权力的象征。埃克兴之战对那个世界帝国的诞生起到了决定性作用,勒盘托之战则终止了土耳其的兴盛。海战决定战争胜负的例子不胜枚举。不过有一点是毫无疑问的,谁控制了海洋,就拥有了巨大的自由,他想大打还是小闹就由他摆布了。往往会陷入窘境的国家正是陆军力量强大的国家。在今天看来,对我们欧洲各国来说,海上力量的优势(这是大不列颠国得天独厚的一点)是巨大的。这既是因为欧洲大多数王国的大多数疆界被大海所围绕,同时也是因为东西印度群岛的财富,在很大程度上都是控制了海洋之后的一种附属品而已。

与古代战争所赋予军人的光荣与崇高相比,近代战争未免黯然失色。在古代,为了激发人们的勇气,在获胜之地要树立胜利纪念碑、阵亡将士纪念碑以及追悼颂词,给英雄戴上奖励的花环与桂冠,甚至授予大元帅的头衔,有凯旋将帅的胜利游行,此外出征的将士凯旋、兵员解甲回家时也会得到大批的犒劳。这一切都能激发士兵们的勇武精神,其中士兵更为看重的是古罗马人的凯旋礼,这不仅仅是一个仪式或炫耀,更是一种从未有过的极为明智、高贵的习俗。为了鼓舞士气,现在军队虽然也设有一些骑士的勋位、勋章等,但是往往这些东西是不分军民地乱发一气,此外还有匾额、伤兵医院和诸如此类的东西。这些包含了三重意义:授予将军荣誉,将战利品上缴国库,接着便是犒赏全军。但除非把这些荣誉归于君主本人或他的子孙们,那种荣誉对于君主制的国家来说未必适合,就像古罗马时代多位皇帝的所作所为,他们只为他们自己或儿子们所取得的胜利进行庆祝,把战役的凯旋礼据为己有,对于将领们则只是赏赐一些庆功的衣服和锦旗来犒劳他们赢得的胜利而已。

综上所述,虽然人不能凭殚精竭虑,就使身高增长一寸[1],但是对国家而言,使国土更广、国势更强的关键则在于君主或政府的能力。至少让以上所说的那些策略、规则和惯例得以实施,人们便可以为子孙后代播下强盛的种子。无奈这些大事通常被人们忽略,只能听天由命。

---

[1] 参见《圣经·新约·马太福音》第六章第二十七节。

三十　论养生

　　人们常说养生有道，而此"道"并非包含于医家规则的范围。如果人们自己知道什么有利于身体健康，而什么又能损害身体健康，并且在这种认识下能够严格地遵循某些原则，这就是最好的保健处方。但是，与其说"既然这些对我的身心是没有害处的，那么略试一下也无妨"，还不如说"这些对我是没有益处的，最好不要尝试"，从结论上说，后者才是更为稳妥的。

　　年轻时人也许体魄强健，可以任由自己放纵无度，但是这种透支所带来的损害却是一笔到了年老时必须要偿还的债务。随着年龄的增加，别总是想着要去做和以前相同的事，毕竟岁月不饶人。对主食之骤然改变须非常谨慎，如果非改不可，则副食品亦须有相应改变。须知自然之道和治国之道有一个相同的秘诀，即百事之更新比一事之鼎革更为安全。应经常审视你衣食住行等方面的习惯，若判定某种习气有害，则须设法逐渐将其戒除，但若发现因改变某习性而引起不适，你也不妨故态复萌，因为很难区分何为公认的有益于健康的习惯，何为对你个人有益并相宜的习性。延年益寿的秘诀之一是经常保持坦然的心胸、愉快的心情。人尤其应当克服嫉妒、暴躁，以及焦虑、抑郁、怒气、苦闷、烦躁、欣喜欲狂、黯然神伤等情绪。愉快和欢笑是人生的良药，人的心中应当充盈着希望和信心，但切不可大喜过望。娱乐要多种多样，切不可造成乐极生悲的局面。同时，我们应该多欣赏美好的景物，研究和思考一些对身心有益的学问——如阅读历史、寓言或是观察自然。身体没有病时不要滥用药物，否则当疾病降临时，药物可能就不会起作用了。我主张随季节变换饮食，而不要经常服用药物，除非你已养成了用药的习惯。因为不同的食物给身体带来的补益大，麻烦少。不过对身体的小毛病却不能视而不见，而应当防微杜渐。当疾病来临时，切不可讳疾忌医。生病时应注重调养，而当身体健康时，则应当经常锻炼身体。许多在生病时较快恢复健康的正是那些平时注重锻炼的人，他们只需注重饮食和调养便可痊愈。

塞尔苏斯认为，还有一种增强体质的办法就是同时努力去适应两种截然相反的生活习惯，两者可以并举，但最好还是倾向那种对生命有益的习惯。例如，在禁食与饱食之间，还是应该以吃饱为好；在熬夜与睡眠之间，还是应该以睡眠为好；在静坐与运动之间，还是以运动为好；诸如此类，不一而足。[①] 当然，如果他不同时是一位哲人，他绝不会以一个医生的身份说这种话的。这样做不仅可以维护生理健康，而且可以增强体力。

就像有些医生常常由着病人的性子来，而另一些医生则对医术循规蹈矩，但对病人的情况并不关注。这两者都不太好，

[①] 公元1世纪罗马作家及编纂家赛尔苏斯所编百科全书《医学篇》第一章第一节。

理想的医生应当是介于二者之间的,若实在找不到这样的医生,就请各请一位综合之。因此,在选择医生的时候,还应当注意,医生的名望固然很重要,但找一个熟悉和了解你身体状况的医生也同样重要。

三十一　论猜疑

猜疑犹如蝙蝠，总是喜欢在暮色中飞翔。其实，猜疑是应该被驱除的，或者至少也是应该被加以限制的，因为猜疑不仅会蒙蔽心智、离间朋友，也会给事业带来困扰，使其半途而废。猜疑使君主变得暴虐，使丈夫产生嫉妒，使智者优柔寡断。猜疑并不是一种心病，而是一种脑疾，因为即使是意志最坚强的人也在所难免。譬如英国国王亨利七世，他比任何人都勇猛，但是却生性多疑。不过像他那种气质的人，猜疑并没有大的妨碍。因为他并不会贸然相信心中产生的这种疑忌，除非他对这些可疑之处的真实性进行了认真的分析与考察。但对一个胆怯的庸人来说，这种猜疑则可能会迅速加重。所以，多了解真实情况是解除疑心最有效的办法，而不应该把它闷在心里。

那么人们渴望的到底是什么呢？难道他们认为与他们打交道的人都应当是圣人吗？难道他们认为人们都已经杜绝了一切为自己谋算的自私自利吗？解决办法是，当你产生猜疑的时候，首先应该做的是先把猜疑信以为真保持警惕，另一方面又将其视为假从而抑制猜疑。只有这样，如果这种猜疑是有道理的，也会因为你已经预先做好了准备而使你免受危害，而如果这种猜疑是没有道理的，你又可以避免因此而误会了好人。

头脑本身所产出的怀疑的反应，只不过是恼人的嗡嗡声而已，但由流言蜚语和私下议论而合成的怀疑，则具备毒刺。

所以，身处疑云之中，驱散疑云的最佳方法就是，与怀疑对象坦诚相见。这样让怀疑者与他所怀疑的一方进行真诚的交流，就一定会对他所怀疑的对象多一些了解。除此之外，还会使对方更加慎重，而不会造成别人对自己进一步的怀疑。但对于那些禀性卑劣的被怀疑者来说则不可能这样，因为他们一旦发现自己受到怀疑，就永远也不会再有真诚。正如意大利人所说的："怀疑是忠诚的护照。"这看上去好像是猜疑给忠诚发放了护照，但是恰恰相反，受到怀疑之后应该更加忠诚，从而证明自身无可置疑。

三十二　论谈吐

　　有些人一心想用自圆其说的趣言妙语得到人们的注意和欣赏，而对那些能够辨明真伪的判断力毫不注重。这看起来就像是语言形式应该比思想更值得赞赏一样。还有一些人熟谙老生常谈的话题，并且善于就此夸夸其谈，高谈阔论，但是这种贫乏的言辞难以发掘新意，甚至多半都单调沉闷，而且一旦被察觉就显得荒唐可笑。

　　那些善于辞令的人，他们能够在任何场合都提起话题，这是首要的可贵之处，在话题之中他们能察言观色，缓和话锋并能适时地转移话题，这种人才是谈话的指挥。最好的言谈是能够抑扬张弛，论证的时候也能够运用时事加以辅佐，尤其在叙述中推理，或是提问和回答时，能够把调侃和严肃灵活地结合起来。如果老用一种腔调平铺直叙就会令人感到乏味，就像人们现在经常说的"没劲儿"。

　　调侃也有需要注意的地方，如宗教、国事、领袖，以及个人的当务之急和任何值得同情的病症，是不能成为调侃对象的。要是有些人认为，除非使用尖刻的言辞，否则就不足以显示他的风趣时，我得说，这是一种应该加以制止的倾向，"小子，请少用鞭子，多拉缰绳"。①

---

　　① 语出奥维德《变形记》第二章。

而且，一般来说，人们是能够分辨得出哪些是风趣的，哪些是尖刻的。毫无疑问，有挖苦习性的人，倾听者会因为他的话里有刺而退避三舍，当然同时他也会担心人家记仇。

想要学得越多就得问得越多，也就越容易受到人们的欢迎。特别是在提问的时候，如果他所问的问题正是被问者所擅长的领域，肯定会受到更多的欢迎。因为他自己不仅可以进一步获取更多的知识，也等于是给被问人提供了一个畅所欲言的机会。但切记问题千万不要令人讨厌，否则就变成盘问了。

还要明确的是，一定要留给其他人说话的机会。不仅如此，就像乐师们看到有人跳舞时间太长时，所惯于采取的方式一样①，如果有人想霸占全部发言时间，就要设法把这种人引开而让别人发言。

还有，在谈话中需要诚实，如果你让别人认为你对知道的事装作毫不知情，那么下一次，当你遇到真正不知道的事时，别人也会以为你已经知道了，这样你就失去了学习的机会。

在谈到自己时应当非常谨慎，什么该说，要选择得当，以少说为佳。我认识一个人，总是说话带刺，"他一定是一个聪明人，因为他千言万语说不完自己"。人要自夸而又能不失体面的唯一方法，就是夸奖别人的优点，特别是当所说的优点自己也有的时候会更加有效。

应该少说会让他人敏感的话，因为交谈应该像是在田野上散步一样轻松自由，而不是直奔某个人的家里而大发感慨。我

---

① 指乐师们常变换舞曲以照顾他人。

认识英格兰西部的两个贵族，其中一个有讥笑挖苦他人的癖好，但又总是喜欢用美酒佳肴来盛情宴请客人，另一个问那些到他家赴宴的人："老实告诉我，他在筵席上有没有说嘲弄或者挖苦别人的话？"对此客人总是回答："他的确说过类似的话。"于是这位爵爷就带着毫不意外的神情说："我早就料到一场美好的筵席就这样被他给糟蹋了。"

出言谨慎要比雄辩更为重要，说得投机胜过说得天花乱坠、头头是道。一个人如果能够不间断地做一篇精彩的演说，但却不善于应答，那就表明他反应迟钝，而如果善于应答或者附言，但却不能够进行长久的精彩演说，则说明他的思维浅薄而无力。这就像我们在动物中所看到的那样，最不善于跑直线的却是最善于转弯的，猎犬与野兔之间的区别就是这样。在进入正题以前讲过多的枝节话是令人厌烦的，但如果枝节的话一点儿也不说，则又会让人感到生硬。只有把握好分寸，才能在交谈之中不让对方产生反感。

三十三　论殖民

殖民主义是古代先民的英雄业绩之一。① 那时的世界年轻，生的孩子很多。而现在它老了，所能够养育的子女越来越少了。可以这样说，殖民地就是那些老年国家的新生子女。最好是把殖民地建立在处女地上，不存在竞争且尚未开发过的处女地上，如此便不会为了殖民而将原有居民根除，因为那就不是"殖民"而是"屠民"了。

殖民事业就和植树造林一样，必须先投资二十年，耐心等待，然后才会有所收益。急功近利，是许多殖民地最终失败的原因。当然，早期获利也不应一概弃之，如果长远利益与早期获利能够兼顾，那当然是最理想的结果。

有一种可耻、可恶的做法是把流氓、恶棍、囚犯送到殖民地居住垦殖，这样将对殖民地造成巨大的损害。因为那些人将会终日游手好闲，不务正业，寻衅滋事，浪费粮食，继续他们以往败类的生活方式，并很快就会玩得不耐烦，闲极无聊之下便会写信回国来败坏殖民地的声誉。所以，应该将一些园丁、农民、工人、铁匠、木匠、渔夫、猎手，以及少量的厨师、医生、药剂师和面包师等有用的人才作为送往殖民地的首批居民。

初到一个殖民地区，首先应该考察当地出产的可以吃东

---

① 如公元前8世纪至公元前6世纪希腊在海外大规模建立殖民城邦，罗马共和国和罗马帝国建立的大批行省实际上也是一种殖民地。

西，如栗子、胡桃、菠萝、橄榄、枣椰、梅子、樱桃和野蜂蜜等，并对这些土产加以利用。其次应当考虑在当地种植一些生长周期较短的如欧洲萝卜、胡萝卜、芜菁、洋葱、四季萝卜、洋蓟和玉米等一年生的作物或蔬菜。至于费工太多的小麦、大麦和燕麦不宜先种植，所以不妨先培育一些费工少，既可以当主食又可以做副食的豌豆和蚕豆。稻谷也是一种主食，而且也生长极快。不过，移民之初最为重要的是要运去足够的饼干、燕麦片、面粉和玉米粉等储备品，直到能在当地生产出面包为止。至于家畜家禽，则应当选那些既不容易生病又繁殖迅速的品种，如猪、羊、鸡、鹅、火鸡和家鸽等等。殖民地初期的食品用量，应该像遭到围攻的城镇里一样采取限量供应的方法。可以用来种植蔬菜和庄稼的土地大部分应该用作公地，这样有利于把最后的收获储备起来，然后按计划比例分配出去。可以将一些零星小块的土地交给个人耕种。

同样还要考虑殖民地适合生产什么经济作物，可以用来支付殖民地的开销也应当被纳入考虑的范围。只有合理安排，才不会不合时宜地损害主要的生意，弗吉尼亚的烟草情况就是这样。

森林资源通常是极其丰富的，因此木材可算是一种经济作物。如果有铁矿和可以用来建磨房的河流，那么在森林多的地方铁矿就是一种不容置疑的好产品。应该在气候适宜的地方尝试晒出粗粒盐来。要是有木棉，倒是一种很有前途的产品。沥青和木焦油在有大量冷杉和松树的地方是不会缺少的。至于药材和月桂树，则会产生巨大的利润。还有可制作肥皂的草木灰，以及别的可以想到的任何东西。但勿花太多精力在地下折腾，因为发现矿藏的希望极其渺茫，而且探矿往往使移民懒于其他的劳作。

最好让一个人在治理方面掌权，再由一些智囊和幕僚加以辅佐，让他们在一定范围内有颁布戒严令的权限。让人们在身处旷野之中感受希望，最重要的是让他们感到自己与上帝同在，并且深受上帝的眷顾。殖民地政府所依靠的祖国官员和特派员人数不可过多，适中就行，因为商人总是只顾眼前利益，所以这些人最好是贵族和绅士。殖民地强大之前，不仅要免关税，而且让他们有自由把商品拿到最有利可图的地方去卖，除非有需要谨慎从事的特殊理由。

切勿一批接一批地输送人员，不要太着急，否则可能人满为患。同时应该留意殖民地人口减员的情况，替补人员应当按比例送去，这样才能够让殖民地居民安居乐业，不会因为人太多而陷入贫困和混乱之中。

有些殖民地建在海边和河边的沼泽地，尽管一开始为了运输和其他方面的便利建在那些地方，但这对健康是十分有害的。因此如果是长久打算，仍然应该离开水边，最好建立在离水远一些的高地上。同样与殖民地居民的健康有关的是要储备足够的食盐，以便必要时腌制食品。如果在有野蛮人居住的地方殖民，应该公正、亲切地对待他们，不要用小物件或者小玩意儿来糊弄他们，当然也应该保持充分的警惕，不要为了赢得他们的好感而帮助他们攻击其敌人，不过帮助他们进行防御，则并非不可。因此还应当把野蛮人中的一些代表送到殖民国去，这样他们就会看到殖民国的状况好于自己，那么在他们返回以后，就会给予赞扬。殖民地有实力的时候，也就是除了男人，也应对女人进行殖民的时候，只有这样，殖民地居民才可以代代繁衍下去，而并非总是从殖民国调入人口。世上最大的罪孽就是在殖民地顺利发展的时候，抛弃它，因为这不仅是宗主国的一种耻辱，也是对许多值得同情的人犯下的不可饶恕的罪过。

三十四　论财富

我认为财富是德行的累赘。除此之外,再也没有更合适的词可以来形容财富和德行之间的关系了。罗马人的用词更恰当:impedimenta①。因为财富之于德行,正如辎重之于军队。在军事上,虽然辎重是不可缺少的,也不可丢弃,但同时也因其有碍行军。有时候,军队往往会为了它们而打了不应该的败仗。

过多的财富是没有价值的,除修斋布施之外,便是多余的幻想了。所以所罗门曾经说过:"财物越多,食者越众,除了饱饱眼福以外,财富有什么用呢?"②对一个人来说,当其财产达到了某种限度以后,他就不可能很好地享受财富带来的好处了。他可以把财富储藏起来,也可以把它施舍或赠送,或者用它来换取富翁的名声。但巨大的财产对他本人来说只是身外之物,其实是没有什么具体的用处的。君不见有人为几粒石子或罕见之物开出天价?君不见有人为使巨额财富显得有用而着手某些铺张的工程?也许有人会说,财富可以打通一切关节,救人于危难之中。所罗门对此也说过一句话:"财富不过是存在于富人心里的一座城堡。"③这句话正好道破了天机,那城堡并不是存在于现实之中,只不过在心理上使他们获得些许安慰。不可否

---

① 拉丁文:辎重。
② 语出《圣经·旧约·传道书》第五章第十一节。
③ 语出《圣经·旧约·箴言》第十八章第十一节。

认的是，钱财给人们招致灾祸的时候远远多于给人消灾解难的时候。所以应当取之有道、用之有度、施之有度地去获得和运用钱财，而不是为了摆阔炫耀而追求财富。

不过像修道士那样不食人间烟火，对金钱不屑一顾也是不可取的，只要挣钱分清有道无道就可以，所谓君子爱财，取之有道。这就像西塞罗当年为波斯图穆斯辩护时所说的："他追求财富是为了在使用财富行善时得到快乐，而不是为满足贪婪之心。"① 关于得到财富的时机，我们最好还是听从所罗门的教诲："不要奢望一夜暴富，那将会以失去清白作为代价。"②

在诗人们虚构的故事中，财神普鲁托斯受其主神朱庇特派遣行事时，他步履蹒跚，行进缓慢，但当他受冥王普路托派遣时，却步伐迅速，一路飞奔。③ 这个故事要表明的是，通过正当的手段和正直的劳动获得财富通常需要很长的时间，但是当财富是通过别人的死亡而得到的时候（如继承遗产），则是十分迅速的。这个道理同样适用于普路托，如果把他看作魔鬼，也就是说当财富是来自魔鬼的赠予时（如利用蒙骗欺压等不正当手段），它的增长速度简直是不可思议的。

致富的道路有很多，但其中多半是不正当的。最好的致富道路之一是吝啬，然而这并不是一种无可非议的做法，因为乐善好施的举动绝不会出自吝啬的人。获得财富的最为自然的方式是耕种土地，因为土地提供的财富是我们伟大的大地母亲

---

① 语出西塞罗《为波斯图穆斯辨之二》。
② 语出《圣经·旧约·箴言》第二十八章第二十节。
③ 古希腊作家卢奇《厌食者泰门》中有这样的虚构。

的赐福，但要通过这种方式获得财富是非常缓慢的。当然，如果富有的人能够屈尊从事农业生产，那么他的财富就会成倍地增加。我认识一位拥有这个时代最多的财产的英格兰绅士，他不仅是一位大牧场主、大育羊人、大木材商、大煤矿主、大农场主、大铅矿主、大铁矿主，同时也在其他几个方面对资源进行了妥善的使用。对他而言，土地就像一片海洋，让他可以源源不断地从各个方面获得收入。有人认为他挣小钱难，但却很容易赚到大钱。这倒是真的，当一个人富有到可以在困难时期坐等市场时机好转，又可以做成一些常人没有足够本钱进行交易的买卖，还可以合伙经营年轻人的行当，这样他非赚大钱不可。

从正常的生意和工作中赚得的是规规矩矩的钱，这种钱可以通过两种途径来获取：一是工作勤快，二是诚信的好名声。而那些用投机取巧的手段做成的生意，其获得的利润则是见不得人的，如使用骗人的手腕，当别人急需的时候用花言巧语诱其上钩，指使仆人和其他人当托诱人上钩，再用诡计排挤其他诚实的商人以谋取暴利，这些都是奸诈下流的做法。至于做投机买卖，有人擅长在购入货物的时候压低价钱，不是为了买来自用，而是为了转手倒卖从而获取差价，那么他的行为可以定义为榨取卖者与买者双方的利益。当你需要与人合伙做生意时，选择合作伙伴是极其重要的，只要搭档可靠，确实能够发家致富。

最坏的获利方式之一是放高利贷，但这种方法同时也是最可靠的获取暴利的获利方式。因为这种人是依靠别人"汗流满面"① 来糊口,而且在安息日盈利②。不过放高利贷虽然是稳赚的,但也不意味着毫无风险,中证人和经纪人常常会为了私利,为信用不佳的人做信誉担保。

就像那些最先在加那利群岛建糖厂的人一样,能好好运用某项发明或专利,有时候也会大发横财。所以如果一个人能被称为一位真正的逻辑学家时,也就是说,他既善于发现问题又善于判断问题,那么他完全可以在恰当的时候为自己大捞一把,尤其是福星高照的时候。仅仅靠一份固定收入而生活的人是很难成为大富翁的,而为了投机生意而倾其所有的人又往往会倾家荡产,所以最好的做法就是有一份稳定的收入作为投机冒险的后盾,这样即使投机失败也有退路。在没有法律限制的地方,垄断者事先知道哪种商品供不应求并抢先大量地买进,对商品进行垄断并囤积待售也是发财的门路。

老实说依靠出仕受禄挣钱固然是风光的,但如果是通过低三下四地阿谀逢迎、偷合苟容或用其他奴颜婢膝的行径来获取酬金,那么这种钱可能是最卑污的一类。至于用不正当手段攫取遗嘱或以遗嘱执行人的身份来获取财富(正如塔西佗说塞内加的,"遗嘱和无子嗣的人都被他像用猎网一样逮住"),这种行为就比前者更加卑鄙,因为前一种人在礼貌上勉强还算是逢迎上司,而后一种人却与卑鄙小人为伍。

---

① 这是反用《圣经·旧约·创世纪》第三章十九节。上帝对即将逐出伊甸园的亚当说:"你必须汗流满面才得糊口。"
② "摩西十诫"第七诫即为当守安息日,见《圣经·旧约·出埃及记》第二十章八至十一节。

那些看上去蔑视财富的人是不值得相信的。也许只是因为他们对发财无望所以他们声称蔑视财富，他们一旦拥有了财富，仍然会惜财。不要吝惜小钱，钱财是有翅膀的，有时它自己会飞走，有时你也必须放它飞，只有这样才可能招来更多的钱财。在离开人世的时候，如果不把钱财留给亲属，那么就只能留给社会。无论留给谁，其数量应当适当。留给子孙一份巨额的财产，假如他们年轻又缺少见识，这份突如其来的家业反而可能让他们成为被围捕的猎物，会招来许多食肉猛禽的纠缠。同样的，为虚荣而捐赠大笔的款项、基金等，就像是不撒盐的祭品[①]，只是一座精心粉饰的坟墓，里面很快就会开始腐烂。最好在生前就将遗产规定好用途，因为平心而论，等到死后再留给别人的东西，只是慷他人之慨。

[①] 见《圣经·旧约·利未记》第二章第十三节："献给上帝的所有祭品都要加盐。"

三十五　论预言

我在这里不想谈论神的预言，异教徒的谶语或者关于自然界的预兆，我要谈那些在人们的记忆中已应验，而却不明来由的预言。正如女巫对扫罗所说："明天你和你的子民一定会和我一起同归。"① 诗人荷马有这样一些诗句，似乎是一个关于罗马帝国的预言："所有的海岸必将被但埃涅阿斯家族的子孙以及子孙的子孙统治。"②

悲剧作家塞内加也有过这样的诗句，是一个关于发现美洲新大陆的预言：

以后某个时代必将会有这么一天，
海洋将解开对世界的束缚，
一片广袤的大陆将敞开胸怀，
蒂菲斯将发现新世界，
图勒将不再是大地的尽头。③

珀利克雷提斯的女儿梦见朱庇特为她的父亲洗浴，接着太

---

① 据《圣经·旧约·撒母耳记上》第二十八章，此预言实际上出自女巫招来的已故希伯来先知撒母耳之口，后应验为扫罗在与非利士人争战时负伤自杀，三个儿子也同时阵亡。
② 见维吉尔《埃涅阿斯记》第三卷第九十七、九十七行。
③ 见塞内加悲剧《美狄亚》第二幕。

阳神阿波罗为他身上涂抹圣油。后来他被钉死在十字架上时，在一片空旷的地方，酷热的太阳使他满是油腻的汗水，紧接着雨水又冲刷了他的身体，一切都应验了其女的梦境。马其顿国王菲力普二世梦见他妻子的肚子被他密封了起来，于是他自己对这个梦境进行了阐释，认为他的妻子将不能生育。但是占卜者阿里斯坦德却告诉他，他的妻子已经怀有身孕，因为人们是不会把空容器密封起来的。一个幽灵曾经出现在马可·布鲁图的帐篷里，对他说："在菲利皮，你一定会再次见到我。"而提比略对加尔巴说："加尔巴，你一定能够体验到帝国的滋味。"韦斯巴芗的时代，在东方流传着这样一个预言，说是来自犹太地的人将统治整个世界。这一点当然可以看作是对救世主耶稣的出现而作的预言，但塔西佗却坚持这个预言的主角是指韦斯巴芗。图密善在被刺杀的前夕，梦见一个纯金制作的头从自己脖子后面长出来，果然，他的继承人创造了一个辉煌的太平盛世时代。还有幼年时期的英王亨利七世，有一次，他为英国国王亨利六世端水，亨利六世对身边的人说："这个小家伙才是将来能够戴上我们所争夺的皇冠的人。"

我在法国曾经听到过一个故事，是一位名叫帕纳的医生告诉我的，据说当年还是王后的法国皇太后迷信巫术，她把丈夫的生辰八字安了个假名，让侍卫拿出去占卜。占星家断定说，这个人将会因决斗而亡。太后听后哈哈大笑，她断定绝不会有人想要挑战她的丈夫。但是，国王后来果然在一场马上竞技的比赛中死于非命，当时的卫队长蒙哥马利所使用的矛头的裂片意外误入了国王的护面具。①

我的童年时代正是伊丽莎白女王的鼎盛时期,我听到过这样一个在当时广为流传的预言:"当麻被织成了线,英格兰便走到了尽头。"大家都普遍认为这个预言的含义是说,"麻"这个单词是由几个君主名的第一个字母排列而成的,也就是说等到这几位君主(亨利、爱德华、玛莉、菲利普和伊丽莎白)的王朝结束后,英格兰便会陷入大乱。感谢上帝,这件事只是应验在了国名的更改上:国王如今的尊称已经不再是英格兰国王,而是不列颠国王了。

在一五八八年以前,还流行过这样一个预言,至今我不太懂它的意思:"有一天人们将会看见,在鲍奥岛和梅伊岛之间,黑色舰队来自挪威。等黑舰队一朝覆亡,英国就可以大兴土木了,因为以后将不会再有战争了。"直到1588年,英国海军击溃来犯的西班牙无敌舰队,我们才真正理解,原来这个预言针对的是西班牙。因为当时西班牙国王的姓恰好是挪威(Norway)。

雷乔蒙塔努斯的预言:"一五八八年,一个让奇迹出现的年份。"这恐怕也是针对西班牙舰队的。因为这个无敌舰队,即使不算是有史以来最庞大的,也是有史以来武力最强的。至于雅典人克利昂的梦,看起来就仿佛是个玩笑。他曾经梦见自己被一条龙吞掉。这个梦被解释为有一个做腊肠的人和他作对,这个做腊肠的就是那条龙。诸如此类的事情不胜枚举。如果把梦兆和占星术方面的预言都计算在内,数目恐怕将会更大。但是

---

① 法王亨利二世于1559年因比武受伤,不治而亡。

我认为，虽然它们可以作为冬夜炉旁闲谈的话题，但却没有必要过分地重视。

这里要强调的是，我所说的不值得重视的意思，是说它们不可信。另一个方面，假如这种东西在社会上广泛流传，政治家也不应当忽视它。因为谣言到处流传，以讹传讹曾经在历史上酿成过许多祸乱。因此许多国家制定了非常严厉的法律来禁止散布不实的流言。

有三种原因使人们乐于散播和相信这些预言。第一，人们往往只注意到了那些得到应验了的预言，那些没有得到应验的预言人们早就忘记了。对于梦境，人们也是这样分析和看待的。第二，是有充分根据的推测或意义含混的传说到头来往往都会被变成预言，因为人爱预测未来的天性使他们认为把自己的推测作为预言公布并无什么妨害，比如，前面所谈到的塞内加的诗句那样。因为当时我们虽然不能确定在大西洋的之外会不会还有很开阔的天地，但这并不意味着一定都是海洋，再加上柏拉图的那个充满诱惑的"大西岛"①的传说，也足以鼓励把这种说法解释成一种预言。最后，但很重要的一点就是，这一类预言很可能是骗子和无赖的谎言，是由一些穷极无聊的人在事后编造出来的。

---

① 古代传说中的岛屿，据说位于大西洋直布罗陀海峡以西，后来沉没。

三十六　论野心

野心就像体内的胆汁一样,如果胆汁在体内不受堵,人们就会积极、认真,且十分敏捷活跃,但如果流通受阻的话,就会肝气不顺,从而使人肝起怒火、胆生恶意。

所以,如果有野心的人飞黄腾达的道路是畅通的,而他们仍在前进的话,那么他们就会更加忙碌,而不是畏首畏尾,裹足不前,一旦他们的欲望受到了阻碍,他们就会心怀不满,并以一种恶毒的眼光来看待周围的人和事,越是当事情每况愈下时,他们便越觉得幸灾乐祸,一个君主或者国家的臣仆身上可能出现的正是这样一种最恶劣的品性。因而,如果君主想要良好地任用那些有野心的下属,最好是让他们一直有上升的空间而不是到达顶点之后只剩下倒退的余地。但这么做难免会有处理不妥的地方,因此最好的办法是根本不用这种人。因为,这些人如果不能因为功劳而获得升迁的话,他们会在自己堕落的同时让手头的工作也随之荒废。

除非不得已,就像我说过的那样,最好还是不要用天性野心勃勃的人。那么,在哪些情况下他们是非用不可的呢?我们现在不妨谈一下。首先,不管他是否有野心,战争中必须要使用良将,他的功劳足以掩盖他的一切短处。一个军人,没有野心,就等于没有鞭策的战马。有野心的人还有一个好处,那就是可以为陷于危难和民愤中的君主分忧护驾。他们就像一只被蒙住眼的鸽子,只会拍着翅膀,不顾一切地努力向上飞翔,除了这样的人,还有谁愿意当挡箭牌呢?君主还可以像提比略用马可罗来打倒塞雅努斯①那样,利用有野心的人去打倒任何功高盖主的人。

既然在上述复杂的情况下必须使用他们,也就有必要谈一下,应该怎样驾驭他们以减少他们带来的危险。有好几个分辨其危险性大小的原则,如果这种人出身卑微,就会比出身高贵的人危险小;如果他们天性冷峻,就会比文雅而得人心的人危险小;刚刚得到提拔的人,就会比久居高位树大根深的人危险小。

有些人认为,拥有几个围绕在身边的宠臣是君主的一个弱点,但这却又是对付那些野心家们的最好方法。因为既然讨好或触怒君王的路都在这些亲信的脚边,那其他任何人都不可能变得过于位高权重。另外一种约束有野心的大人物的手段,就是用一些和他们一样傲慢的人来和他们抗衡。不过这样一来,也就必须需要一些中间派的大臣来维持双方力量的平衡,保持稳定。就像一艘大船没有一个物品压在舱底,这条船就会过于颠簸。也就是说,一位君主若是打击那些有野心的人,可以利用和训练某些出身低微者,使他们成为有野心的人的灾星。如果那些有野心的人天性胆怯,这种方法就可能会奏效。但如果他们大胆而鲁莽,那就得不偿失,这些出身低微者的所作所为反而会成为他们实施阴谋的导火

---

① 古罗马政治家及阴谋家,提比略的宠臣,拥权自重,后被处死。

索,这是非常危险的。如果君主想要把那些身居高位的野心人物搞下台,但又不能突然下手,为万无一失,唯一的途径,就是不断对他们恩威并施,这样一来就会使他们像走在树林里一般无所适从。野心的种类繁多,有些野心家只想在大事上出风头,这比那些凡事都要争强好胜的野心造成的危害会小一些。因为后一种人会不断地吹毛求疵,惹是生非。不过,一个野心家在事务中搅和比带着声势浩大的帮凶共同作乱危险小。一个人想在一群非凡才干的人中间出类拔萃是极其艰难的,但对整个社会而言,这样却是有益的。然而,把自己当作领头的唯一有效数字,而把别人全部当作零的野心,就会败坏整个时代。

想拥有高贵身份和地位的人有三种动机:第一,想拥有佐政济世的优越条件。第二,想与国王、权贵等上流阶层交往。第三,想拥有个人发家致富的机会。一个追求上进的人,如果是以第一点作为他的出发点,那么他就不失为一个正人君子。而一位明智的君主,能在心怀不同动机的人中,分辨出怀有第一种高尚情怀的贤臣良将。总而言之,君主和国家在选用大臣的时候,要选用那些看重责任而不是看重高官厚禄的人,或者是那些看重事业而不是看重虚荣的人。总而言之,要分清乐于报国的雄心和好管百事的野心。

三十七 论假面剧[①]与比武会

在这些严肃的话题中,也应穿插点儿消遣娱乐等轻松的话题。既然君主们喜欢这些娱乐形式,那就应该办得风光优雅,而不只是徒有其表地铺张浪费。随着歌声翩翩起舞,气派万千,赏心悦目。我认为应有一支合唱队,他们应站在高处,用分部音乐伴奏,而且曲调须适合剧情。歌唱者伴以动作,特别是对唱,应该是极其优美的(我说的动作,不是指舞蹈,因为歌者手舞足蹈是一种比较低级、比较粗俗的表演)。歌唱的声音应该洪亮而有男子气概,高亢而铿锵(要有低音和高音,但不要最高音部),唱词要高雅严肃,不可娇艳或娇媚。几个分部轮唱,高低错落,用唱诗般轮唱的方式演唱,效果将更加动人。至于舞者变化其队形以排出数码或字母,我认为那是一种幼稚的把戏。概而言之,须注意我在此提到的表演均应自然而然地悦人感官,而不可刻意哗众取宠。

布景的切换要不引起观众的注意,且没有一点儿噪音地进行,那将考验布景人员的技术及艺术嗅觉,因为在观众们产生视觉疲劳之前加以变换,肯定会让人赏心悦目。每个场景均应灯光明亮,色彩多变。让戴假面或不戴假面的演员在

[①] 英国假面剧承袭16世纪上半叶唱诗班歌童音乐剧的传统,到17世纪初成为一种复杂的宫廷娱乐形式,融诗歌、舞蹈、声乐和器乐于一炉,包括布景、服装和舞台装置。

舞台上走过场时，做几个与布景有关的动作，将会产生很奇妙的效果，这种方式特别能够吸引观众的目光，提起他们的兴致，让大家想看清楚那些隐隐约约的场面。要配合着嘹亮欢快的歌声，生动活泼的音乐。灯光效果最好是白色、粉红色和海水绿。一些小圆形且亮晶晶的金属片，花费不大，装点后却相当灿烂夺目。相反，那些富丽堂皇的绣品在灯光下却显得黯然失色。戴假面具演员的服装要优雅，即使摘掉面具，这些服装仍然应该符合他们的身份。这些服装不应仿效大家所熟知的那些诸如土耳其服、军服和水手服等。幕间的滑稽节目穿插不宜太久，这类过场节目里通常可有傻子、森林神、狒狒、野人、小丑、野兽、妖精、女巫、黑人、侏儒、小土耳其人、山泽仙女、乡巴佬、丘比特、活动雕塑①等。至于天使，他们并不滑稽，所以放在滑稽节目中并不好笑，另一方面，那些凶恶的角色，像魔鬼和巨人等，也不宜安排在内。更重要的是，当这些人穿插进来时，音乐也要起到娱乐观众的作用，还要有一些奇妙的变化。如果能有几缕香气飘下，而头顶上却无水珠滴下，那就更加完美了。在这人头攒动、热气腾腾、闷热异常的场所中，当人们闻到这股香味时，会感到格外的清新、舒服。配对式的假面舞剧，男女各列一组，更显得庄重严肃、多彩多姿。当然，倘若演出场馆不整洁，上述努力全是白搭。

另外，对于勇士们之间的长矛比武、赛马、障碍赛等比赛

---

① 一种滑稽节目，表演者原地转圈，听到信号即停，以造成各种滑稽的姿势。

来说，最光辉的瞬间是挑战者们驾着战车入场的那一刻，如果拉车的是狮子、熊或骆驼之类的野兽，场面会更加热烈。这种辉煌还在于入场式的设计，在于他们入场式之排场，也在于盔甲和马匹是否足够华丽。好吧，关于此类装饰点缀就说到这里。

三十八　论人的本性

人的本性通常是深藏不露的，它有时会被压抑，但很少会被根除。想要战胜本性非常困难，如果对本性强行施加压力，反而会使本性更加强烈。而说教和诱导只能让本性稍有收敛，只有习惯才能改变和抑制本性。

想战胜自己本性的人，切忌不要给自己定下一些超出自己能力范围的任务，因为太多的失败会使人心灰意冷，当然也不要给自己定下一些很轻松就能做到的任务，过小的任务不会让人有太大的满足感，从而也不会有太大的进展。刚开始尝试时可以借助一些外力，就像初学游泳的人用气囊或苇筏来帮忙一样。经过一段时间练习，要试图在不利的条件下练习，就像舞蹈家用厚重的舞蹈鞋来练习舞蹈一样。如果练习比运用还刻苦，那就会熟能生巧，达到完美的境界。

如果本性过于顽强，要想战胜它就很困难，需要循序渐进：首先，要及时地约束自己的本性，比如可以在愤怒的时候，反复地默念二十四①个字母，直到把怒气压下去。其次，就要逐渐将约束力减小，就像戒酒一样，从动不动干杯到只喝上一小口，最后再完全戒掉。但这需要十足的毅力和决心。"谁能挣断磨胸的锁链，谁就能顿时停止悲痛，从而永远地免

---

① 大约在 1625 年以前，英文字母 i 和 j, u 和 v 没有区别，故为二十四个字母。

除烦忧。"① 有古训认为矫枉不妨过正，即要使一根树干不弯向一边，那就必须把它弯到另一边，待它弹回来，就恰好适中。但我们所说的弯向另一边，并不是要你弯向做坏事的一边。不要将一种习惯一鼓作气地强加到自己头上，而应当时断时续。其原因有二：一是停下来反省可巩固这新的开端，二是这样做可避免新养成的习性良恶兼备，因为若是一个人的本性并不完美，那他一鼓作气养成的新习性也可能良恶兼而有之。但人也不能过分相信自己一定能够战胜本性。因为本性能长期潜伏，在某种场合或者受到某种诱惑，它又会重新被激活。就像《伊索寓言》中那个猫女一样，她本正经地坐在餐桌的一头，但当有一只老鼠在她面前经过时，她便再也坐不住了。因此，一个人要想根除旧习，要么完全避开可诱发其本性的场合，要么天天出没于这些场合来考验自己，这样就能可以习以为常，不为所动。

  一个人的本性在独处幽居时最容易暴露，因为那时他不必伪装。一个人激动时会忘掉其清规戒律，而在新的尝试时最常见人之本性。因为一个人在遇到新情况或新的经历时，因为没有陈规可以参照，也最容易露出自己的本性。可以说自身本性与其职业相合的人，才是最幸福的人。否则，他们就会说："我的心久久地寄人篱下。"② 比如在做学问方面，一个人要学习违背自己天性的东西，就要安排好固定的学习时间，而如果学符合自己天性的东西，不必让他安排固定的时间，因为他的心思

---

  ① 语出奥维德《爱之治疗》。
  ② 语出圣哲罗姆译拉丁文本《圣经·旧约·诗篇》第一百二十篇第六节。

会自动花到要学的东西上。且对这种人来说，只要别的事情或学习留下的空闲时间够用就行。人之本性可长成芳草亦可长成杂草，故须适时浇灌前者而芟除后者。

三十九　论习惯与教育

一个人的思想多半源自他们的性格上的倾向。人们的谈吐，有的来自自己的学问，有的来自别人的灌输。但是他们的行为却来自平常所养成的习惯。因此，马基雅维利说，天性的冲动或豪言壮语都不可靠，除非有习惯加以证实[1]。他举了一个很丑恶的例子来说明这一点：为了使刺杀的阴谋取得成功，不要去任用那些天性勇猛或坚定许诺的人，而要用一个双手曾经沾过鲜血的人。马基雅维利并不认识修士克雷蒙，也不知道拉维亚克、约尔基、巴尔塔萨尔·杰拉尔[2]，但他说的道理却很正确：天性和口头承诺都不及习惯的力量。只是当今迷信盛行，以致有人第一次杀人就跟屠夫杀猪宰羊一样冷静。在暗杀行刺方面，誓言的力量已同习惯的力量旗鼓相当。不过在其他事情上，习惯支配一切的情形仍随处可见，以至于世人往往觉得奇怪，为什么明明听到这些人发誓过、争辩过、承诺过，但干起来却依然一如既往，仿佛他们是傀儡、机械，只是由习惯的轮子驱动而已。

此外我们可以看到习惯的统治和专制有多么可怕。印度人（我说的是他们哲人中的一派）会安安静静地躺在一堆木柴上，

---

[1] 马基雅维利《论李维》第三章第六节。
[2] 克雷蒙于1589年刺杀法王亨利三世，拉维亚克于1610年刺杀法王亨利四世，约尔基于1582年行刺奥伦治亲王威廉未遂，巴尔塔萨尔·杰拉尔于1584年刺杀威廉成功。以上均为非职业杀手，这些谋杀都发生在马基雅维利去世多年后。

把自己当作祭品点火自焚。不仅如此,他的几个妻子也争着跟她们的丈夫一起化为灰烬。古代的斯巴达青年,对在狄安娜的祭坛上受笞刑习以为常,甚至吭都不吭一声。[①]我还记得,在伊丽莎白统治初期,有一个爱尔兰的叛逆在受绞刑的时候,还请求监刑官要用柳条,而不要用绞索绞死自己,因为以前处死叛逆者都是用柳条的。还有一些俄国的苦修僧人,为了赎罪,会在水桶里坐着直到身体完全被冰封冻为止。诸如此类的例子都可以说明习惯的力量对人的思想和肉体有多大的影响。既然习惯是人生活的主宰,那么我们就应该努力养成良好的习惯。

从小就养成良好的习惯,无疑是最好的办法。这就是我们所说的教育,它实际上就是培养早期的习惯。因为我们看到在语言学习方面,小时候舌头柔软灵活,更容易适应各种发音和表达方式。同样的,小时候的四肢更柔软,所以适合于各种技巧性的运动。而成年人在这方面比青少年逊色乃不争之事实。虽说有些才智出众者从来不僵化,他们终生都能保持灵活柔软,随时都能接受可使之更完美的东西,但这种人毕竟太少。既然个人身上习惯都那么强大,那么在集体中,习惯力量就更会得到加强。因为在集体中有榜样的教导、同伴的鼓励、竞争的鞭策和荣誉的指引,以致习惯的力量在那儿可登峰造极。因此发扬天性中的美德需要有一个法律健全、纪律严明的社会。一个国家和政府,只能发扬已经形成的美德,而不能改良美德的种子。可悲的是,这些有效的工具目前只用来达到最要不得的目的。

---

① 这种鞭笞的目的是锻炼意志。

四十　论运气

毋庸置疑，运气往往会受外界偶然因素影响，如宠爱、机会、别人的死亡、场合。但一个人的运势最终还是把握在自己手中，就像有一位诗人曾说过："每个人都是自我的设计师。"① 在很多时候，一个人的不幸正是另一个人的运气。因此，有一夜暴富的人，就会有因犯错瞬间破产的人。俗话说得好："蛇不吞蛇，成不了龙。"②

显而易见的优点固然令人称道，但是内在的优点，如河蚌含珠的才华才能给人带来运气。这种人自有一套自我表现的方法，旁人无法窥探。西班牙人常说的"disemboltura"一词从一个侧面表达了这个意思：一个人的本性中如果没有什么阻碍，没有什么倔强，那么他思想的车轮就跟运气的轮子并驾齐驱了。李维描写加尔图时，也说过这样一句话："这个人身体强壮，精力旺盛，无论出身什么家族，都肯定会让自己交上好运。"③ 话音未落，他突然想起，加尔图正是一个多才多艺之人，这不正是他的运气吗？因此，如果一个人目光锐利，且善于观察，他就一定能够看到幸运女神。因为尽管她是盲目的，可却是能被人看见的。运气所走的路，就像天上的银河一样，由大大小小

---

① 语出普劳图斯的喜剧《三钱币》第二幕第二场。
② 希腊谚语，瑞士博物学家格斯纳曾在其《动物志》中引用。
③ 见李维《罗马史》第三十九卷第四十章。

无数个天体聚合在一起，你看不清其中任何一颗星球，但它们却能聚合在一起放射出极为炫目的光芒。与此相同，许多细小的、很难让人觉察的美德，或者是才能和习惯，都能给人带来运气。有些人很少想到，意大利人却对此明察秋毫。意大利人在谈论一个从不出错的人时，总要插上一句，说这个人"有点儿傻气"。的确，有点儿傻气，而又不过分老实，这样的人往往比谁都走运。因此极端爱国的人和绝对忠君的人，往往是不会走运的，他也不可能幸运，因为一个人如果完全把自己置之度外后，他就不会走自己的路了。

天上掉馅饼似的幸运会使人变得冒失或浪荡，历尽艰辛得来的幸运，却能造就伟大的灵魂。"幸运"有两个女儿，一个叫"自信"，另一个叫"声誉"。仅仅因为这两个女儿，幸运也应被给予光荣，受到尊敬。自信存在于一个人的内心，名声存在于羡慕他的别人的心中。

聪明人为减少别人对他们才能的嫉妒，会把自己的才能归结为上帝的恩赐和命运女神的眷顾。因为这样一来，他们具有这些长处就可以心安理得了，况且一个人有神灵保佑才更见其伟大，所以恺撒大帝对在暴风雨中驾船的舵手说，他所载的是恺撒和他的运气。[①]苏拉在称呼自己时，从不用"伟大的苏拉"，而常常说"幸运的苏拉"。[②]相反，一些人把功劳完全归于自己的聪明、自己的谋略，其下场往往都不怎么样。据记载，雅典人提莫西亚斯在向国王报告自己的功绩时，往往要添上一句："任

[①] 见普鲁塔克《列传·恺撒篇》第三十八章第三节。
[②] 见普鲁塔克《列传·苏拉篇》第三十四章第二节。

何的成功都跟运气无关。"后来他这句话也果然应验，无论他做什么事情，运气都不在他这边。①

就像荷马的诗比其他诗人的诗要流畅自如一样，有些人的运气的确比别人的运气来得顺畅。普鲁塔克在比较提摩利昂跟阿盖西劳斯和埃帕米农达斯的幸运时，用的就是这个比喻。之所以如此，无疑主要还是取决于自己。

---

① 见普鲁塔克《列传·苏拉篇》第六章第三、四节。

四十一　论放债[①]

他们说，可惜啊，魔鬼吞掉了上帝本来应该得到的十分之一；[②]还说，放债人最不守安息日，因为他的犁铧在礼拜天也没闲过；又说，放债的人就是维吉尔说的那只雄蜂：雄蜂，好吃懒做的种类，被逐出了蜂房[③]；又说，亚当和夏娃偷吃禁果，被逐出伊甸园之后，便有了第一条法规，那就是："你只有汗流满面才能得到食物"[④]，可是放债人破坏了这条法规，把它变成了："靠他人汗流满面就能得到食物"；又说，放债的人应该戴上黄色的帽子，因为他们做着犹太人做的事[⑤]；又说，以钱生钱是违背天理的[⑥]。诸如此类，不一而足。我这里只说一句话："因为人的心肠太硬，所以放债成了上帝允许的一件事。"

因为世上总有借钱和贷款这种事，而人的心肠又硬，不肯白白地借钱给别人，那就只好允许放债了。也有人对银行和私人财产呈报以及别的手段提过可疑而巧妙的建议，可是很少有人对放债说过有用的话。还是将放债的利弊一一列举出来，仔

---

① 放债者自古有之，但长期被人视为不义之举。
② 见《圣经·旧约·利未记》第二十七章第三十、三十一节中"什输其一"法的规定，凡大地所产的十分之一属上帝。
③ 见维吉尔《农事诗》第四卷第一百六十八行。
④ 见《圣经·旧约·创世纪》第三章第十九节。
⑤ 中世纪许多欧洲国家都曾规定犹太人必须戴黄色小帽，另犹太人中多有放债者。
⑥ 此乃亚里士多德在《政治学》中的观点。

细衡量一下，以便在对它采取进一步措施的时候，小心对待，可以趋其利，避其害。

放债的弊端有以下几点：第一个害处就是它使商人大大减少，放债是一种懒惰的生意，它会令金钱静止不动，无法应用到商业活动中，而商业正是国家财政的"门静脉"。第二个害处是它使商人素质下降，农夫如果坐收高额的地租，他就不会好好耕种土地，同样，一个商人如果坐享高利贷，他也就不会好好做生意。第三个害处是上面两个害处的结果，即造成君主或国家税收的减少，因为商业利润的涨落跟税收的涨落是一致的。第四个害处是因为它使一个国家的财富集中在少数人手中，高利贷者只赚不赔，其他人则毫无把握，最后大多数钱都进了高利贷者的钱箱，而国家都是在财富分配均衡的时候，才会兴旺。第五个害处是放债会使土地的价格下降，因为金钱的流向主要是商业和购买土地，而这两方面，都会遭到放债的拦截。第六个害处是它使工业、改良和发明停滞不前，受到打击，因为这些事情都要在有钱的前提下才能充满活力，但放债者牵制了金钱的流向。最后，它蚕食和毁损许多的产业，造成了公众的贫困。

当然，放债也有其有利的一面。首先，放债在某些方面促进了商业的发展，尽管它在某些方面阻碍了商业的发展。如果放债人把钱收回去，不借出来，那么商业会马上停滞下来，因为商业的绝大部分是由年轻的商人靠借贷付利息来经营的。其次，当人们陷入走投无路的境地，要是没有这种方便的借贷付息的方法，人们就无计可施，他们不得不变卖自己的资产（土地或货物），而且价格远远低于资产真正的价值，所以，要是没有放债的话，恶劣的市场会把他们整个吞掉。人们在没有好处的情况下拒绝抵押，而一旦接受抵押别盼望着再次拥有那些典当物。所以抵押和典当，根本无济于事。记得有一个狠心的乡下富翁曾经说过："让那些放债的见鬼去吧，他们使我们不能去没收抵押的产业和证券。"既然不付利息的借贷是不切实际的，那么最后一个好处是，一旦借贷无门，众多不便也是不可忽略的。废除放债只能是空谈。因此，废除放债的意见只能到乌托邦去讨论了。所有的国家都有这种行当，只不过放债的形式和利息有所不同罢了。

谈谈如何尽量避免其弊端，保持其好处。这好像可以调和两方面：一方面要磨磨高利贷的牙齿，让它咬人不要太凶；另一方面也要给它留条门路，让有钱的人借钱给商人，维持和加速商业的运作。可以在借贷中规定两种利率，一种低一点儿，另一种高一点儿。因为，如果把高利贷降为一种低利率，对一般借贷者来说，那当然方便，但对商人来说，他却很难找到钱。值得一提的是，既然商品贸易的利润最大，就应该能够承受高利率，而别的行业就不行了。

为了满足上述这两方面，可以参照如下办法：设定两种利率，一种是公开的，对所有人都一样，另一种要有特许证，只对某些人、某些地区的商业适用。因此，第一，要让国家将普通的放贷的利率减到百分之五，这种利率要公布为自由的通用利率，并且国家应保证不对这种借贷施予处罚。此举将防止借贷活动全面停止或消失，减轻这个国家无数借贷人的负担，同时,这也有助于提高土地的价格,因为以相当于十六年租金的价格购置的土地每年可产生百分之六或更高一点儿的纯利润,而货款利息仅为百分之五。同样的理由,大多数人,尤其是习惯于获大利的人,很愿意在这方面冒风险,所以也可以鼓励和推动工业和有益的改良事业,因为他们中的大多数人不愿只拿百分之五的利息。第二,特许某些人以较高利息借贷给一些知名的商人。不过还要有一些防范措施,保证做到以下几点:(一)务必使利率降低,即便借款者是商人自己,从而使所有借款人(不管是不是商人)均可因这一改进而从中减轻负担;(二)不允许银行或公共资金放债,放债者只能是货币的实际拥有者,这并非因为我完全讨厌银行,而是因为考虑到某些令人生疑的银行活动,很难让人相信;(三)国家应对特许放债征收少量税款,而把大部分利润留给债主,因为收取费用不大,不会挫伤放债人的积极性,举例来说,一个从前取百分之十或百分之九利息的放债人宁愿把收益降到百分之八,也不愿放弃这份稳稳当当的收益转行去赚取其他有风险的利润;(四)对这些特许的放债人数量上不应限制,但应把他们的借贷活动限制在某些重要的商业城镇,这样他们就不可能把别人的钱当自己的钱用,即不可能以百分之五的利息借进普通贷款,然后以百分之九的特许利息贷出,因为谁也不愿把钱借到远方,更不肯把自己的钱交到陌生人的手中。

如果有人反对,说这样一来就在某种程度上正式认可了有息借贷,而以前它只是在某些地区被人容忍,那我的回答是:以公开认可的方式节制放债,比以默许的办法任其肆虐要好。

四十二　论青年与老年

　　一个年轻人，如果没有浪费时光，他也可以少年老成。不过这种情况并不常见。一般来说，青年人有如第一次思考，总不如再三思考那样周全。和在年岁上一样，在思想上也有一个青年时期。年轻人的创造力要比老年人活跃，想象的灵泉更易于涌上他们心头，更像有神助似的。正如尤利乌斯·恺撒和塞普提米乌斯·塞维鲁那样[①]，热情奔放、欲望强烈、烦恼无穷的人，往往要在中年以后方能成事。关于后者，有人说过："他度过了一个错误百出甚至疯狂的青春。"但事实上他却几乎是罗马历代皇帝中最能干的一位。不过像奥古斯都·恺撒、佛罗伦萨大公科斯莫、加斯东·德·福瓦[②]等这些性情和顺的人，通常能在年轻时就能大有作为。另一方面，对老年人来说，富有热情和活力是难能可贵的。

　　老年人的经验，对其熟知范围内的事物可作指导，对新鲜事物则难免滥用。青年人善于创造而不善于判断，善于执行而不善于决议，善于贯彻新计划而不善于办理例行事务。青年人的错误会坏全局，而老年人的错误则充其量也只是延误时机。

　　[①] 恺撒四十二岁出任高卢总督，五十一岁夺得罗马政权，五十二岁才彻底击败庞培，当上终身独裁官，塞维鲁也大器晚成，四十七岁当上罗马皇帝。
　　[②] 奥古斯都三十三岁成了罗马唯一的统治者，科斯莫十八岁当上大公，加斯东年纪轻轻当上了法国驻意大利军队的统帅，因用兵神速闻名并被载入史册。

在决定采取行动的时刻，青年人会眼高手低，激动盖过冷静，急于求成而不考虑方式和质量，唐突鲁莽地追随他们的原则，贸然革新从而带来难以预料的麻烦，从一开始就采取偏激的补救办法，结果错上加错，还死不承认，绝不改正，他们有如一匹受惊的马，既不停下来也不转头。上年岁的人有了一点儿平庸的成就便容易满足。他们反对太多冒险，后悔太快，不赞成的东西太多，考虑的时间太长，而且很少把事情进行到底。当然，两者兼而取之相互取长补短是最好的，这对当前和将来都有好处。老年人在台上时，青年人可以学习。因为老年人总是具有权威，而青年人更易得到人们的宠爱和欢迎。

至于在道德风貌方面，青年人应占优势正如在政治方面老年人较优一样。有一句经文说："你们中的少年人要见异象，老年人要做异梦。"[①]有位犹太拉比认为异象是比异梦更为清楚的一种启示，因此他根据这句经文推论，青年人比老年人更接近上帝。当然，年岁增益主要在于处世能力而非情感方面的美德。所以一个人涉世越深就越老于世故。有些人虽然显得早熟，但早熟也往往早衰。这类早熟早衰的人有三种。第一种早年才智过人，但很快就才竭智枯，例如修辞学家赫莫杰尼斯，就是颇有些小聪明而不久就失去锐气的人。他青年时期的著作非常精辟，但越到后来他却越变得愚钝。第二种是具有一类宜于青年人而不能给老年人增色的天分，

[①] 见《圣经·新约·使徒行传》第二章第十七节。

如能言善辩只适合年轻人不适合老年人。所以,图利说霍顿修斯是"他依然故我,即使这对他已不再合适"①。第三种人,随着年岁的增长却不能维持显赫声威,像西辟奥·阿弗里卡努斯,他一开始就志向远大。关于他,李维说得好:"他的晚年不及他的早年。"

---

① 见西塞罗《布鲁图斯》第九十五章。

四十三　论　美

美德就像一块瑰丽的宝石,最好是把它镶嵌在朴素的背景上。

同样,美德如果存在于一个容貌不算娇美,但举止清雅、气质高贵的人身上,自然也会令人肃然起敬。不过一般来说,就好像造物主在繁忙的工作中只求不出错,而无意也无精力创造完美的事物一般,太过美丽的人往往不见得有什么大的美德。所以,那些很美的人往往无精神之高贵,因为他们讲求的是举止,而并非美德。不过这种观点并非永远正确,比如,奥古斯都·恺撒、提图斯·韦斯巴芗、法国"俊美的"腓力四世、英国的爱德华四世、古雅典的亚尔西巴德、波斯萨非伊斯迈尔都是既高尚又伟大的人物,同时也是他们那个时代的美男子。

说到具体的美,容貌之美要胜于服饰之美,而端庄优雅的举止之美又胜于容貌之美。美之极致,不能用图画表达的,也不可以一眼就能看出来的。但凡称得上卓越的美,无不在比例上有某种奇特精妙之处。谁也说不明白阿佩勒斯[①]和丢勒[②]谁更可笑,后者是根据几何学的比例来画人,前者则从诸多不同的面孔中选取其中最好的五官来创造一张完美的面孔。我想,这样画出来的人,除了画家本人之外,谁也

[①] 阿佩勒斯,公元前4世纪希腊画家,善画肖像。
[②] 丢勒,德国画家,著有《人体比例研究》一书。

不会喜欢。

我认为画家应当用一种灵感去创造（就像一个音乐家创造优美的乐曲一样），而非凭借什么规则尺度这并不是说一个画家不可以创造出比真颜更美的面孔。人们一定会看到一些面孔，如果你把它们逐部分观看，你就会觉得每个部分都不好看，可如果合在一起却堪称花容月貌。"美人的中年才是最美"，如果美主要在于端庄的举止，那么上了年纪的人常常看上去更加可亲也就不足为奇了。因为对于年轻人，如果我们不把青春看作对美的补充，不加以宽恕年龄和经验的浅薄，谁也无法当得起美名。美犹如夏天的水果，很容易腐烂，难以久存。美往往使人在年轻时放荡不羁，却不得不忍受悔恨的晚年。但如果美能恰到好处地落在值得拥有它的人身上，就会令美德生辉，使邪恶汗颜。

四十四　论残疾

正如造物主对他们不仁一样，大多数残疾人（像《圣经》中所说的）"缺乏自然亲情"①，所以他们对造物主也心怀不满。所以一般来说，残疾的人算是和造物主扯平了。

肉体和精神之间确实存在着契合，造物主在其中一方面出了错，她就必须在另一方面承担风险。人对自己身体上的欠缺是无可奈何的，但人的精神境界是有选择和修正能力的。所以，天性的星宿有时也会因修养和才德的太阳显得暗淡。由此可见，最好别把残疾视为一个人更可欺的标志，而应该将其看作十之八九会产生结果的动因。残疾的人，往往是非常勇敢的，因为凡是在身体上有招致轻蔑的缺陷，总会在心里不断地激励自己，从而从轻蔑中把自己解救出来。这起初是为了抵御那些轻蔑，但随着时光的流逝，这种勇敢也就成为一种习惯。它能激发他们观察、注视他人的弱点，从而得到心理上的慰藉，这也算是残疾激起他们的另一种勤奋。另外，残疾还可以消除优越者的猜忌。因为在这些人看来，残疾人是可以随意藐视的。残疾也能麻痹同辈中的竞争者，因为他们不相信残疾人有擢升的可能，直到他们看到这成为事实。所以说，对于才智超群者，残疾反而可以成为升迁的有

---

① 见《圣经·新约·罗马书》第一章第三十一节。

利条件。

古代的国王（包括现在一些国家的帝王）往往对宦官有极大的信任，因为宦官妒忌所有人，更会对专制君主尽职、忠心。但他们之所以得到信任，是因为他们被君王视为好的密探和告密者，而并非是好的官吏和办事人员。残疾人的情况也大抵如此。残疾人假如有坚强的灵魂，基于同样的原因，他们必将从蔑视中解救出自己，而他们所用的方法不是美德就是罪恶。因此，假如有时残疾人被证实是杰出的人才，像阿杰斯劳斯[1]、苏莱曼的儿子赞格[2]、伊索[3]、秘鲁总督喀斯卡[4]，甚至苏格拉底[5]等人，也就不足为奇了。

---

[1] 阿杰斯劳斯天生瘸腿，有"跛足国王"之称。
[2] 赞格绰号"驼背"。
[3] 据13世纪发现的一部手抄本《伊索传》，伊索之形体丑陋不堪。
[4] 据说此人四肢奇长。
[5] 苏格拉底貌丑，但并不残疾。

四十五　论建筑

房屋建造起来不是为了供人观赏,而是为了让人居住,所以,除非两者兼顾,否则就要优先考虑实用,而后再追求美观。还是把那些只为了美观而建造的漂亮房子留给诗人们做迷人的魔宫吧!他们在幻觉中建造这些房子是花不了几个钱的。

如果把一所好房子建在一个恶劣的环境中,就等于把自己送进了监狱。所谓恶劣的环境,我认为不仅是说那里空气有危害健康之外,也指空气流通不畅的情形。许多号称很好的宅邸坐落于小山包上,周围有较高的山陵包围,这样,太阳的热能就会沉积在内,并且风也会像水汇于水槽一样在这里聚集,因此暴冷暴热。居住在这里,你将会感到寒暑急剧变化交替,就像你同时住在好几个迥然不同的地方。

假如你愿意听墨斯①的意见,所谓环境差并不是只由不良的空气构成的,还包括交通不便、购物不便等,还有邻居的恶劣。且不说还有其他不宜因素:缺少水,缺少林木,从而没有树荫的遮盖;几种自然土壤混杂,而没有肥沃的土地;附近没有打猎、放鹰、竞赛等运动的场地,视野不够开阔,土地不够平坦;距离海洋或者湖泊太近或太远,没有一条可通航的河流,不能享有航行的便利或者水道管理不善得时常遭受河水泛滥的威

---

① 希腊神话中专门吹毛求疵的神,因挑不出美神的毛病被活活气死。

胁；距离大城市太远而妨碍处理事务，或者距离大城市太近而消费太高；何处能使人积聚巨大的财富，而哪里则会使人受困；等。我们应该事先了解这些情况，加以了解，以防这些因素汇集到一起，尽量地趋利避害。如果一个人拥有好几处住房，一所宅邸缺少的环境条件，有可能在另外一处中获得补偿。当庞培在鲁库鲁斯的一所住宅里看到宏伟的长廊和非常宽阔明亮的房间时，说："对于夏天来说，这儿的确是一个避暑的好地方，但是到了冬天你怎么办呢？"鲁库鲁斯回答说："你在说什么呀！在冬天即将到来的时候，鸟儿们都要迁居的。你不会认为我还没有鸟儿们聪明吧！"[①]

谈过了房屋的环境，现在该讲一讲房屋自身了。我们将效仿西塞罗谈演说的方法。西塞罗曾写过几卷《论演讲艺术》和一部名为《演说家》的著作，前者阐述了演说术的原理，后者则描绘了演讲的实践。因此我打算描述一座府邸，用它作为一个简明的样板。欧洲现在有一些像梵蒂冈和埃斯库里阿尔宫那样的宏大建筑，但里面却几乎没有优美怡人的房间，这种情况是令人感到奇怪的。

首先，我认为一座府邸要有两个分开的侧楼，否则它是不完美的。就像《圣经·旧约·以斯帖记》中所说，其中一个侧面做宴请使用，另一个侧面做起居使用。它们虽然在内部隔开，但在外面却是相连的。这两部分不仅仅是转延的横翼，也作为正面的两个组成部分。我主张在宴会侧楼的上层，设计一

[①] 见普鲁塔克《列传·鲁库鲁斯篇》第三十九章第四节。

个大约要四十英尺高的宽大大厅，也要有一个房间在它的楼下，这样在庆典和宴会时，就有了化妆、更衣和准备的地方。起居生活的侧楼，我希望它是被分隔开的，首先应该隔出一个大厅和礼拜堂（两者是彼此分开的，这两个房间不能把这一面都占了），它们都应布置妥善，并且庄重宽大。在更远的一头还应各有一个冬天和一个夏天用的客厅，而且都应该美观。在这些房间的下面，应该布置一个干净、宽大的地下室，还要有一些厨房，带有贮藏室、配餐室之类的房间。至于主楼，它应比两翼高出两层，每层都至少要有十八英尺高，楼顶用优质的铅皮覆盖，并在四周环绕栏杆并竖立雕像。同样，主楼也应根据需求分隔为适用的房间。通往顶层房间的旋梯要环绕在一个漂亮镂空柱上，旋梯的栏杆要漂亮，顶上精细地围绕着木刻的、漆式黄铜色的雕像。顶层可以布置一个非常漂亮的餐厅，但如果这样安排你就不能再把下层任何一间房间作为仆人的餐室，否则仆人餐室的蒸汽会像烟囱里的烟一样漂浮上来，相当于你饭后又陪着仆人再吃一顿。关于主楼要说的就这么多，最后一点是，第一层楼梯应该高十六英尺，这也是楼下房间的高度。

穿过主楼正堂往后走，应该有一个优美的庭院，但庭院的三面应该环绕低矮的建筑。院子的四个角要有漂亮的楼梯，嵌在四个角楼里，只是这些楼梯只连接凸外的角楼，而非通往建筑本身。角楼不能高于正面的主楼，而最好与较低的房屋比例相称。除了四边的小径和中间的十字形道路以外，庭院不要用砖石铺筑地面，因为这样夏天会辐射太多的热量而冬天则会太冷。应该在地面种植草皮，并且经常修剪，但不要剪得太短。

在宴客厅一侧后面的那一溜横翼建筑应是宏伟的长廊，在长廊中按照同样的间隔应设置三至五个漂亮的穹顶，在上面装饰一些漂亮的、绘有各种图形的彩色玻璃窗。在起居室一侧，应有会客厅、普通的招待室和几间卧室。为避免长时间日晒，无论在上午还是下午都要有阳光照不到的房间，三侧的建筑都应该是两溜房间夹一条走廊的双向房，单面采光。还得设计一些专门消夏和专门过冬的房间，夏天阴凉，冬天温暖。不可以像有些人那样迁到安满玻璃窗户的漂亮房子，那会叫人不知往何处躲避日晒或寒冷。至于凸窗，我认为它们是很有用的，可作为朋友聚谈的僻静之处（在城市里，临街的墙要整齐一致，适宜用一些和墙面齐平的窗子）。它可以避开风和阳光，因为能够贯穿房间的风、阳光很难通过凸窗，但这种窗不宜多，庭院中可有四扇分设两边厢房。

在这个庭院后面，还要有一个面积和建筑物高度应该和前一个相同的内院。这个内院的四周围绕着花园，花园内侧四周都要构筑回廊，回廊和第一层楼等高。朝向花园的楼下房间，要建成洞室或阴凉的处所，或建成适于消夏的房间。为避免潮气，只能在朝向花园的一面开设门窗并和地面高低一致，不可低于地面。在庭院的中间，地面的铺设要和前一个庭院相同，同时要有一个喷泉和一些做工精美的雕像。庭院两侧的房间是为家庭居住的，而顶端的一列则是专门的馆所。以备王侯贵人患病时使用，必须在房间中预选一处作为医务室，并同时附有寝室、休息室、内室、小客厅等。所有这些，均应在第二层楼上。

在第一层楼和第三层楼上，均应有一个类似的、美观的、用圆柱支撑的敞开式阳台，以便观望花园的景色、呼吸新鲜的空气。在庭院最远一侧的两个角落，道路的转弯处，应有两个精致的、装饰华丽、铺设精美、富丽堂皇的小阁楼，安装水晶般的玻璃，中间还要有一个华贵的圆屋顶，并有其他雅致漂亮的陈设。如果条件允许，在阳台之上，还可以有一些泉水从墙上飞落而下，并配有精巧的排水道。关于这座府邸的模样，大体就是如此了。

除此之外，在进入这座府邸之前，还必须穿过三重功能各不相同的院子，第一个是用围墙围起来的、长满草的简朴的院子。第二个和第一个大致相同，只是多一些装饰的小角楼，点缀在围墙上。第三个则是和建筑正面一起形成一个正方形。周围不要建房屋，也不要裸露的围墙，但三面都要围上覆盖铅皮顶、装饰漂亮的游廊。游廊的里面要有支柱而不设拱门。至于事务性用房，可以用低矮的走廊与府邸相连，但要和府邸保持一定的距离。

四十六　论花园

第一个营造花园的是全能的上帝。[①]的确，种植花木不仅是人类乐趣中纯洁至极的消遣，也是人类精神最好的滋补品。没有花园，建筑物和宫殿将丧失天然的灵性，成为粗俗的人工制品。正像人们看到的，在时代走向文明高雅的过程中，人们总是先创造辉煌的建筑而后创造幽雅的园林，好像园艺是一种更高的完美境界似的。

一个高贵的、有品质的花园，我认为，应该是与一年中所有月份都相适宜的花园，在一年中的任何一个月，都有漂亮的时令花木。为避免十一月的下半月、十二月和一月的园景萧瑟，园中应种植一些例如冬青、常春藤、月桂、桧树、柏树、紫杉树、松树、冷杉树、迷迭香、薰衣草，以及白色、紫色和蓝色的长春花，还有石蚕花、菖蒲、柑橘、柠檬，等等，在整个冬天都保持绿色的植物。假如在温室中养殖，还可种桃金娘。还有甜墨角兰要种植在温暖一些的地方。在一月底和二月份应有正值花期的欧瑞香、黄色和白色的香菖兰，以及报春花、银莲花、郁金香、风信子、蝴蝶花和龟头花。在三月，则有香堇开得最早，特别是单瓣蓝色的那一种，还有多花蔷薇。黄色的水仙和雏菊，杏树、桃树和山茱萸树也都在开花。接下来，在四月进入花季的有双瓣白香堇、紫罗

[①] 见《圣经·旧约·创世纪》第二章第八节："耶和华在东方的伊甸园建立了一个园子，把所造的人安置在那里。"

兰、黄花九轮草、蝴蝶花，各种百合花、迷迭香、郁金香、重瓣牡丹、白色水仙、法国忍冬、樱花、李树，还有抽出了新叶的英国山楂和丁香树。在五月和六月，各种石竹花，特别是红石竹，竞相开放，还有除了开花较晚的麝香玫瑰之外的所有玫瑰，忍冬、草莓、林舌草、牛舌花、楼斗莱、法国和非洲的万寿菊、茶蔍子，无花果树在结果，而樱桃树则也挂上了果实。蔍莓、葡萄花、薰衣草、白色的香兰、百合草、铃兰和苹果树都在开花。在七月，早熟的梨和洋李树则开始结果，花儿则有各种紫罗兰、麝香玫瑰、酸橙花等，而同期结果的还有早熟的尖头苹果。和八月相适宜的是各种挂果的李树，还有梨、杏、伏牛花、榛子、甜瓜和各种颜色的附子。九月，有葡萄、苹果，各种颜色的罂粟花、桃子、冬梨，等。在十月和十一月初，开花结果的有花楸果、欧楂树、野生李树，还有由于剪枝和移植而晚开的玫瑰、冬青之类的花木。以上这些花木的情况是依据伦敦的气候条件而言，但我的意思是显而易见的，你可以因地制宜地营造"永恒的春天"。

鉴于自然散发的花木之香远比提炼到手中的芳香油更沁人心脾（花香飘溢犹如音乐荡漾），所以要增添踏园觅香之乐，最正确的方法是先了解哪些种植花木最容易使满园芳菲。善于保留香气的花是淡红和鲜红的玫瑰，所以即使你走在整整一排玫瑰的旁边，也不会闻到它们的气味，甚至在有露的清晨也是如此。在生长过程中同样也没有香味的是月桂，墨角兰的香味也不多，迷迭香的香气也很少。[1]产生香气最为浓郁、超过所有其

---

[1] 以上几种花木是提取芳香油的好原料。

他花木的是香堇，特别是白色重瓣的香堇，它一年开两次，一次大约在四月中旬，一次在圣巴索罗缪节（八月二十四日）前后，其次是麝香玫瑰，随后是草莓将要凋谢的叶子，它散发出一种奇妙的、令人兴奋的气味。再就是颗粒很小葡萄的花，它像小糠草的草籽，最早长出来的时候是结成花穗的。然后是多瓣蔷薇，还有桂竹香，这两种花放在会客室或者寝室中位置较低的窗台上真让人心旷神怡。接下来是石竹花和紫罗兰，特别是花坛石竹和丁香紫罗兰，还有橙树的花，再就是忍冬，只是欣赏这种花的香气要离得稍远一点儿。至于豆花，虽有香气，但只适合生长在田野里。只有踩在上面并将其压碎，而不是徘徊其侧，才能使空气中充满令人愉快的香气的花木共有三种：地榆、野生百里香和水薄荷。因此，你可以在花园小径上种植它们，这样在你散步时，将会得到几分额外的愉悦。

花园（像谈论建筑一样，我描绘的是一个真正的王家园林），它应该不少于三十英亩，分为三个部分：入口处是一片草坪，而出口处是一片不作整饬的旷野，中间部分则是花园的正园，此外正园两侧还应当有一些小径。我希望这样安排花园的面积分配：草坪占用四英亩土地，旷野占六英亩，正园两侧各占四英亩的辅园，花园的主体占十二英亩。草坪有两个优点：其一，任何事物都不能比拟修剪适宜的草坪给予人视觉上的愉悦；其二，你能够在草坪中间辟出一条赏心悦目的小径，沿着这条小径你可以走到高高的、围着正中花园的篱墙前面。在一年或一天中最热的时候，这条小径就未免显得过长。为此，需要在草坪两侧建造一条约十二英尺高篷道，这样，就可以在荫凉下走进花园。至于各色土构成的花坛和图形，应安置在靠近花园一侧的房子窗下，这些只不过是雕虫小技，你可能在果馅饼中看过同样的手法。花园的主体部分最好是正方形的，四面用宏伟的带拱门的篱笆围起来，拱门需要由木工建造的支柱支撑，大约高十英尺、宽六英尺。每个拱门之间的距离和拱门的宽度相等，拱门之上是四英尺厚的一圈完整的篱墙。在篱墙上面，每个拱门的上部要有一个小角塔，其内部足以容纳一个鸟笼，在每个拱门之间的上面，还要有一些别致的小雕像，用明亮的金属片制成，外面用宽大的彩色玻璃装饰，可以反射阳光。我认为这个篱笆还应建在一个土堤上，这个土堤不应该太陡，高约六英尺并且种满花卉，同样，我认为应该在两侧留下足以容纳各种不同的边侧小径的土地，正方形花园主体不应该占据这片土地的整个宽度，这些小径将通向草坪两侧有遮盖的小路。但在被篱笆围起的花园主体的两端，绝不要有附带篱墙的小径。前面的一端不要有，后面的一端也不要有。因为前端的篱墙将妨碍从草坪到漂亮篱笆的视线，后端的篱墙会使你看不到后面的那片旷野。

  我不想讲太多关于宏伟的篱笆内花园的安排，你尽可以做多种设计。不过在开始设计时，无论如何，都别让花木太密，或对其雕琢太甚。对于我个人来说，我就不喜欢在松柏和其他树上修剪那些只有孩子们才喜欢的成人或动物图形。我就很喜欢修剪成圆圆的滚边的小而低的树篱，再修剪出一些漂亮的金字塔。还有，在一些地方木头镶框的美观柱子也讨人喜欢。我希望在园中有宽阔和漂亮的道路。你尽可以在花园边侧的土地上修许多紧促的小径,但在花园的主体部分绝不要这样。在花园的正中央,我还希望有一座漂亮的小山,整个小山高约三十英尺,山上有三段阶梯直达山顶,其宽度足以使四人并排行走。环形路不要有屏障和装饰。山上要建几间雅致的带有整洁壁炉的宴会厅,不要安装太多的玻璃窗户。

喷泉,虽然赏心悦目,但水塘设计不好,就会把一切都弄糟,它会使花园很不卫生,并且充满蚊蝇、青蛙。我所指的有两种喷水池:一种是喷水式的,另一种是碧池涌泉。第一种,用一些镀金或者大理石雕像做装饰都是很好的。后者须是一个三十英尺或四十英尺见方的漂亮的清水池,里面不能有鱼,也不能有黏土和淤泥。主要的问题是如何使水流动,否则水就会被污染,无论是水槽还是水池,都不能使水滞留,否则它们就会变为绿色、红色或其他不正常的颜色,更会长满苔藓或藏污纳垢。除了使水流动之外,还要每天用人工清洗干净。在喷泉下面最好铺砌一些台阶,四周应当是铺筑得很好的地面。还有一种,我们可以称其为"人工泉",它可以容纳许多奇思和美,所以我们不必为它多费脑筋。比如,精心铺设池底,砌成图案,边侧也是一样,此外周围用低的雕像做围栏,并且还可以用彩色的玻璃和类似有光泽的饰物来进行装饰,但主要的问题仍然是使水不停地流动。供应水池的水源,其水位应高于水池,通过一个造型漂亮的喷口注入池泉之中,再经由同样口径的水管在地下排放出去,这样,水就只在池中稍作滞留。至于一些精巧的设计,它们看上去很美妙,如让喷水如虹而不外溢,或使水喷起形成不同的造型（像羽毛、像酒杯、像伞顶等），这些毕竟是供人观赏的景泉，不是健体怡神的矿泉。

我们这片园林的第三部分是那片旷野，我认为它的构造要尽量保持自然原始状态。那儿一棵树也不要有，只需要种植一些多花蔷薇、忍冬和野葡萄之类的灌木。地面上可以种一些香堇、林石草和月见草。它们都是有香气的，而且能在荫凉下很好地生长。它们无须排列得太整齐，只要这儿一簇、那儿一簇地生长。我喜欢大小像鼹鼠丘一样的小土堆（像在野生草丛中的一样），可以种植野生百里香、石竹，还有石蚕，因为它的花很悦目。另外，还可以种植一些不是很名贵但却漂亮而又有香气的花木，如长春花、香堇、草莓、黄花九轮草、雏菊、红玫瑰、山谷百合、红色的美洲石竹、长嚏根草。可以在部分土堆顶部栽种一些直立的小灌木丛。灌木丛应该有玫瑰、杜松、冬青、黄花浆果（这种花只可以零星地种一些，因为它开花时有一种不那么好的气味）、红茶藨子、桃金娘、迷迭香、月桂、多花玫瑰等，但这些直立的灌木丛要经常修剪，以免凌乱。

应在花园两侧的辅园修建各种各样的小径，要幽静，其中一些要考虑遮阳，无论阳光从哪个方向照射，它都会充满阴凉。还应该把一部分造成避风的，当风刮得厉害的时候，散步仍会像在走廊中一样平稳自在。若要把处于两端的遮阳小径围上树篱，则小径要用卵石精心铺设，不能长草，以免弄湿鞋和衣服。同样，在一些小径的周围可以种植靠墙整齐排列成行的果树。一般来说，有一点是要注意的，你在花园内应种植那些宽阔而低矮的果树，不可突兀。若有斜面也不能太陡,可以有些漂亮的花草,但不可过密,以免它们与果树争肥。在两个辅园的尽头,不妨堆成高度适宜的土墩,人站在上面胸部高过篱墙为宜,可以瞭望周围的旷野。

我并不反对正园应该有和两边平行的漂亮的小路,并在路边种植果树,也不反对有栽有果树的美丽的小山和带有座位的凉亭,但是这绝不意味着可以安排得过密,这些都需要适宜地安排。正园要尽量开阔,绝不能闭塞,至少能使空气自由流通。至于阴凉,尽可以留给两侧空地上的小径,如果你愿意,在一年或一天中最热的时候,都可以在其中散步。在酷热的夏天,在正园中心仅适合在清晨、傍晚或阴天时散步逗留。

至于安置大型鸟舍,除非面积足够大,否则我是不喜欢鸟舍的,鸟舍应当大到足以铺上草皮并在其中栽植作物和灌木丛,这样鸟儿才会有更大的活动空间并且自然繁殖。同时鸟舍内要保持清爽整洁,地面上不要有鸟类堆积。

以上是我为一个王家园林勾勒了一个纲要。部分是想象,部分是规划,这是它的大体轮廓,不是具体的模型。很显然,我并没有吝惜花费,因为这一点对显赫的王侯们不成问题。他们大多会听取工匠们的意见,把许多东西七拼八凑地安置在一起,钱也不少花,只是过多地追求形式上的豪华和宏伟,但对于真正的情趣却毫无考虑。

四十七　论交涉

　　一般来说，交涉面谈要比用书信好，托第三者居间协调要比本人处理好。但是，当一个人预备以后用书信作为证明时，或者想要得到一个书面答复时，或者担心谈话有被人打断的危险和可能听不完全时，书信交涉也是稳妥的。不过当一个人从外表上能引起对方的尊敬（上级在下级面前就是这种情况），或能在微妙的局面中观察对方的面部表情，从而可以了解自身的措辞分寸，或者需要观察对方的表情保留否认或解释的自由时，面谈就有好处。

　　在选择委托代理人时，最好托淳朴的人去办理交涉，他们乐意去做委托给他们的事务，并在返回之后报告真实的结果。不可选择那些狡猾之人，他们会设法利用他人的事务为自己谋取好处，并在汇报时粉饰其结果以博得委托人的欢心。可以用热心办理委托事务的人，因为这样可以加快办事的进度。用人还要注意量才使用：嘴甜的人可以委派他去规劝；机智的人可以委派他去观察和探询；勇敢的人可以委派他去争辩；刚愎自用和荒唐的人，则可以委派他去交涉那些未免有些理亏的事务。当然，还有那些曾经雇请过并且有幸取得成功的人，他们也是值得信任的，因为过去的成功会给予他们自信，他们也会努力维护自己的信誉。

　　与人谈判时，若要试探一个人的意图，可先旁敲侧击，迂回向前，避开要交涉的问题，这样比单刀直入要好，除非你打算用开门见山的方式让对方措手不及。和一个欲望尚未得到满足的人交涉要比和一个没有欲求的人交涉要好。假如和另一个人的协议建立在某种条件之上，那么，谁先履行这些条件就是问题的全部。这时应设法牵制住对方，让他知道事情的性质需要他率先起步。让他相信你的承诺是可靠的，另外你在别的事上还将延请他，否则一个人没有理由要求对方必须首先履行义务。

  所有交涉的实践，本质上无非是在观察人和利用人。人们情感的真实流露往往是在充满热情之中、受到信任之际、出其不意之时，或者是在他有某种需求的情况下。假如你想影响一个人，为了诱导和劝说他，你就必须了解他的性格和习惯，或者了解他的目的。了解他的弱点和短处，以便恐吓他；或者发现对其有影响的人，以便左右他。与狡猾的人谈判，你必须考虑他的真实目的，以便理解他们的言辞，并且最好和他们少讲话，一旦讲话就要出其不意，挑明他们的想法。在所有困难的协商中，绝不可以期盼播种之后就马上收割，而必须做好充分准备，来等待其渐渐成熟。

四十八　论追随者与朋友

一个人像孔雀一样把尾巴拖得过长反而削短了自己的羽翼,高代价的追随者并不讨人喜欢。我所说的高代价的追随者,不仅是指那些索要金钱过多的人,而且还包括那些纠缠而不知足的人。一般的追随者所要求的不会超出主人的善意相待、善言相容,以及周全保护。结党营私的追随者最要不得。他们之所以来归附,是因为对别人心怀不满,并非出于对主人的仰慕,我们经常可以见到在一些大人物之间所产生的龃龉,其缘由往往就在于此。

爱慕虚荣的追随者总是到处宣扬他们的主人,这也是件很麻烦的事。因为他们总是会泄露机密,破坏事情,结果他们使主人不得人心,损害了他的声誉。还有一种追随者,这类人实际上是奸细探,也是很危险的。他们专门窥探主人的隐私,并胡编一通告诉别人,和别人一起说三道四。可是因为他们特别殷勤,这种人往往会得到主人的宠爱。

一位大人物拥有一批和他本人的事业、身份相适应的追随者(就像一位参加过战争的人有一批士兵追随他那样)原是无可非议的,即使在君主国这种情况也是允许的,只要不是过分声势浩大。但如果一位伟人由于崇高的品德感召别人、礼贤下士,从而赢得有识之士的追随,这才是最值得肯定的行为。然而,如果没有德才兼备的人士追随,任用能力较强的人不如任用能力一般的人。但在人心不古的年代，那些有活动能力的人实际上要比聪明能干的人更有用处。对宠信而言，最好加以区别对待、择优起用，这可以使被提升的人感恩戴德，而其他人则更趋殷勤，因为一切皆靠主人恩德。反之，对行政管理而言，雇用同等资历的人最好一视同仁，因为如果过于优待某些人，就会让这些人目空一切，也会引起其他人的不满，因为他们有相同的资格，有权要求同样的待遇和提拔。

一个很有效的办法是对任何人一开始都不要过于看重，否则，我们将难以为继。只听任一个人摆布是不妥当的，这既表现了主人的软弱，也容易恶名远扬。连那些平时不直接说三道四的人也会更大胆地言及主人之不是，从而损害主人的名声。不过更糟糕的是被许多人弄得无所适从、莫衷一是，因为这会使人们屡屡变卦，脑子里只留下最后的印象。能采纳少数几个朋友的忠告总是值得称道的，当局者迷，旁观者清，不入低谷难显高山。世界上很少存在人们所夸赞的那种友谊，尤其在那些地位平等的人们之间更是少见。也就是说，世间的友谊多存在于上下属之间，因为唯有他们才可以荣辱与共、相依为命的。

四十九　论请托

　　私人的请托确实是会败坏公益的,因为许多不正当的事情都会有人答应代呈。①对许多很好的事情,负责人却心眼不好。所谓心眼不好,不仅指不道德,也包括狡猾在内。有些人虽然答应了某种请托,心里却并不打算去替人办事。一旦他们看见事情经由别人的力量而成功在望时,他们就迫不及待地想得到请托者的感恩之心,或者再次索要报酬,或者至少在事情还未落幕时利用那请托者的希望。这些人其实都是些口是心非的人。

　　有些人为了阻挠某人而接受别人的请托,或者以此为借口来上门,一旦目的达成,他们是毫不关心受托之事的成败的。或者,这些人之所以答应某项请托,一般而言,不过是利用别人从中捞取自己的好处。甚至还有些人答应替人办事,为的是可以取悦于委托人的仇敌或竞争者,因而实际上他们满心希望这事办不成,从而搞垮委托人。

　　无疑,每种请托背后难免有是非。如果是为赏罚的请托,其中必有功过之分;如果是为争讼的请托,其中必有曲直之别。假如一个人因为受了情感的驱使而在赏罚之争中偏向了德行较低的一方,那么就让他赏个脸和个稀泥就算了,不要把事做绝;

---

① 在培根时代,拜托有权势者向朝廷,甚至向君主提出请求并代为说项是正常之事。

假如一个人因为受了情感的驱使而在诉讼之争中偏向错误的一方，那么他最好利用自己的影响达成和解，而不要让事情对簿公堂。遇到自己不是很懂的请托之事，最好先去请教一位忠实而又有见识的朋友，这个朋友可以告知你这种请托之事是否能做。但是这种顾问必须要审慎选择，否则会被别人牵着鼻子走。

有所请托的人自然是非常反感拖延和欺骗的，因此如果不愿办理，开始就应该干脆地拒绝。在替人办事时，还应在事情进行的时候随时把实情告诉对方而不加粉饰或夸张，并告诉对方在事情办成以后除应得的报酬之外不再索取。这样的举动不仅正当，而且很值得感激。在求恩遇的请托中，最早请求也许无关大局，就此而言，应当念及请托者的信任。假如某些消息除自己之外无法由别的途径得到，切不可利用这一消息坑害人家，而应当让他另找门路，这也算是对人家向你交底的补偿。不知道请托的价值，是无知的，而不明这一请托的是非，那就是缺乏良心了。

求情时保密是成功的一个重要手段。因为自行声张，虽然可以使别的请托者失去勇气，但也会刺激另一些请托者加紧活动。不过掌握求情的时机是成功的关键。这就是说，不仅要考虑什么时候能避免他人从中破坏阻挠，还要考虑什么时候所托之人会答应去办。在选择替自己办事的人时，不要盲目倚仗最有权的人而应去找最合适的人，也就是说宁可去找负责办理具体事务的人而不要倚仗那些总管。如果一个人的第一次请托被拒绝了，而他既不沮丧也不愤懑，那么他往往能够获得补偿，其结果就如没有被拒绝一样。如果一个人很得恩宠，那么"取法其上,得乎其中"就是一条有益的规则,但在情况相反的地方,最好顺着竿儿一点点往上爬;但假如受托者已经为请托者办了一些小事,那么此后就不愿拒绝,因为这样既会失去那个请托者的好感与拥护,又会抹杀旧日对他的好处。通常以为,向一位大人物求一封推荐书是最容易不过的事了,然而假如写这封信的理由是不充分的,那就有损于写信人的名誉。如今,再没有比这些替人奔走、包揽请托的人更为恶劣的了,因为他们是一种败坏公务的毒品和传染病。

五十　论学问

　　读书是为了娱乐、修饰和增长才能。其娱乐方面的功能主要用于独处和幽居之时；其修饰方面的功能主要在于言谈之中；其增长才能方面的用途主要在于对事务的判断和处理上。

　　虽然富有实践经验的人能够完成特定的工作，但要在总体上对事务进行筹划和安排，还得依靠有学问的人。把时间过多地花费在学问上是偷懒；把学问过多地用作修饰是矫饰；完全按学问的规则来判断，则是书呆子的嗜好。天生的才能犹如野生植物，需要用学问来加以修剪，而学问本身若不受实践的检验，则所做的指导就太空泛。因此学问可以使天性完美，而经验又能使学问完善。狡诈的人蔑视学问，愚笨的人羡慕学问，聪明的人运用学问。学问本身并不传授自己的用法，这种运用之道是存乎学问之外并超乎学问之上的一种才智，只有通过观察才能获得。

　　读书时不可一味批驳，不可轻信，不可寻章摘句，而要推敲研究。有些书可供品味，有些书可以吞食，还有少数的一些书则应当咀嚼消化。有些书只要读其中的一部分就行了，有些书可以全部阅读，不必过于仔细，还有少数一些书则应当通读、精读、细读。还有一些不太重要的议论，以及那种比较平庸的书籍还可以请人代读，由别人代替自己做摘录，但经过浓缩的书就会像普通的蒸馏水一样乏味，这只限于主题不太重要和品位低下的书。

读书使人充实,辩论使人机敏,写作使人精确。所以,如果一个人很少读书,那他就必须非常狡猾,才可以掩人耳目;如果他很少谈话,那么他就必须很机敏;如果一个人很少写东西,那么他就必须要有很好的记忆力。

诗歌能使人灵秀,历史能使人明智,自然哲学能使人深沉,数学能使人精细,逻辑和修辞学能使人善辩,伦理学能使人庄重。正如古语:学皆成性。① 身体上的各种疾病皆可由相宜的运动予以矫治,如滚球有益于肾脏和膀胱,射箭有益于胸肺,漫步有益于肠胃,骑马有益于头脑,等等。凡精神上的各种障碍无不可由读适当的书来加以消除。如果一个人不善于辨别差异,可以叫他研读经院哲学家们的著作,因为他们都是条分缕析、细致入微的人;如果一个人精力不集中,可以叫他去研究数学,因为在演算的过程中精力稍不集中就会出错,还得从头算起;如果一个人不善于调查问题,不善于用一件事情证明和阐释另一件事情,可以去叫他研究律师的案卷。所以,各种心智上的缺陷都可以找到一种专门的补救办法。

---

① 语出奥维德《烈女志》第十五篇第八十三行。

五十一　论党派

许多人都认为君主治国处事之道在于平衡各党派的利益，这是一种不甚高明的见解。其实不然，安排处理符合国家总利益的大事要事，使各党各派都不得不赞成拥护，对待每个具体的人只考虑其个人身份而不考虑其党派，这才是君王和大臣的最明智之举。当然，我并不是说党派是可以忽视的。地位卑微的人在往上爬的过程中，必然有所依附，但出身高贵者，由于本身已经势力较大，因而最好还是保持一种不偏不倚的中立。即使是初入仕途的人，虽然不免有所依附，也要把握好分寸，不要引起其他党派的强烈不满，才可以打开青云之路。我们常常可以看到，地位较低、力量较弱的党派往往比较团结，所以一些坚定的少数派却能战胜一些平庸的多数派，也就不足为奇了。

党派之中的一党倒了之后，剩下的另一党就会自行分裂。例如，卢库卢斯曾与庞培和恺撒抗衡一时，他和罗马元老院中的其他贵族（元老院中叫作"贵族党"的）结成一党，但当他们元老院的权威被打倒后不久，恺撒和庞培就分道扬镳了。反对布鲁图和卡修斯的安东尼和屋大维也曾结成一党与敌人相抗衡，但是当布鲁图和卡修斯被打败之后不久，安东尼和屋大维就闹翻了。这些例子虽然属于在战争中结党，但在私党的情况同样如此。因此，有许多次要的党徒往往在本党分裂时上升为领袖,但是他们往往也可能在最后悲惨地变得微不足道而被抛弃。一旦对立斗争消失,这些人也就没有用处了,因为他们只有在对立斗争中才能显示出自己的力量。

许多人一旦有了地位,便会与自己本党的反对党沉瀣一气。他们多半高傲地认为,自己已经抓住了自己党派的命脉,而现在正是开始收买另一个新党的时候了。特别是当事情处于胶着状态,久拖不决的时候,这种叛党者往往很容易从中获利,因为这时往往拉过一个人来就能使一方的力量获得至关重要的优势,大家就对他万分感激。在两党之间保守中立者不一定总是由于他们奉行中庸之道,目的是为了对两个党派都加以利用,从而谋取自己的利益。在意大利,人们确实对那些嘴上老挂着"众人之父"这几个字的教皇有点儿怀疑①,觉得这几个字不过是个幌子,其实是要把一切置于自家的伟大。

为帝王者务须小心,不可偏向一方,不可在误会或者在别有用心之徒的传播下变成某党某派的党徒。党派总对王权不利。由于这类党派要求一种义务,这种义务往往高于臣民对君主所负的义务,这迫使君主不得不成为"我们中的一个成员",如在"法国同盟"中就可以看到这点。②王权衰落的迹象就是党派之争愈演愈烈,这种情形对帝王

---

① 马基雅维利指出:"教皇的统治是意大利分裂衰败的总根源。"
② 法国胡格诺战争期间由部分天主教教士和贵族结成的同盟,目的是与胡格诺派争雄并削弱王权,法王亨利三世摇摆不定,终招杀身之祸。

的权威和事业是很不利的。帝王之下各个党派的运作就应如(天文学家所说的)下级行星的运转一样,这些行星虽可以有它们固有的自转,然而仍然安静地接受着来自第一运动更高运动的支配。①

---

① 据古希腊天文学家托勒密的《大综合论》所述,静止不动的地球乃宇宙中心,中心外有十条轨道(或曰十重天),每条轨道内侧(或曰每重天下),有若干天体围绕地球旋转,其动力均来自被称为第十重天的第一运动。

五十二　论礼节与俗套

　　一个人必须要有过人的大才大德，才能对自己的行为丝毫不加以掩饰，就好像是一颗不加任何衬托和镶嵌的宝石，必然是极为珍贵的一样。一个人只要能仔细观察便可以看到，获得赞许就和生财取利一样。有句俗语说："小利可以生大财"，因为小利可以来得次数多，而大利偶尔才来一次。同样，小而得体的举动常常可以得到比较大的称许，因为这些小的举动生活中经常出现，而且容易引起人们注意，而要大才大德显现的机会，就像过节一样罕见。因此，一个人要是讲究礼仪小节，那对他的名声将大有益处。正如伊莎贝拉女王[①]所说，"它们就好像一封随时携带、永久有效的推荐信"。

　　要举止得体，只要不忽略它们就差不多了，因为一个人只要能够重视举止，他自然就会在别人身上留心观察这些东西。但如果他过于做作，刻意要展现好的举止，那他的举止反而不是真正的优雅。因为优雅的最可贵之处就在于自然、不矫揉造作。有些人的举止好像一节诗行一般，其中的每个音节都经过了仔细的斟酌。但是，这样一个在小节上过于用心的人如何能做成大事呢？话说回来，全然不讲究礼仪也就等于让别人对自己也不要讲究礼仪，结果只能是使别人对自己减少尊敬之心。

　　[①] 卡斯蒂利亚王国女王及阿拉贡王国女王，1479年使两国合并，为统一西班牙奠定了基础。

在与陌生人交往时,礼节尤为重要。但是没完没了地讲礼节,甚至把礼节推崇到比月亮还高的地位,那后果不但令人生厌,而且会减少旁人对说话人的信任。当然,在辞令之间总会至少有一种切实动人的表达方式,人若能掌握好这种方式,就会有奇特的效果。

  同辈之间常常彼此亲密,不妨矜持一点儿才好;下属对你一定怀有敬重,因此要显得亲切一点儿才好。做任何事情一旦做得太过分,便会自轻自贱、惹人厌烦。顺从别人的意见也无大碍,但要显出这样做是出于对别人的尊重,而并不是因为自己没有主见。通常在附和别人主张的时候,不妨加上一点儿自己的看法。你如果同意他的意见,说法上要稍有分别和保留;你如果附和他的提议,也要附带一些条件;如果赞成他的议论,最好还要添加自己的理由。人们一定要注意,不可过于擅长恭维,因为一旦这样,无论他们怎样能干,忌妒他们的人都会给他们加上谄谀的恶名,从而损害他们的德行。过于讲究礼节或者过于注重时机也是有害的。所罗门说过:"看风的人将无法下种,看云的人将没有收获。"[1] 明智的人制造机会而不只是等待机会。人们的举止应当像他们身上穿的衣服一样,不可太紧或过分讲究,应当宽松一些,以便工作和运动。

---

[1] 见《圣经·旧约·传道书》第十一章第四节。

五十三　论赞扬

赞扬是外界对一个人德才的反映,但这种反映往往有如镜中的映像。如果它来自普通人,就很可能是虚假而无价值的,并且往往是献给自负之人而不是有德之士。因为普通人并不懂得太多出类拔萃的美德,最低级的才德才容易赢得他们的称誉,中等的德才令民众惊讶或羡慕,但对于最高尚的才德他们就不具备识别能力了,表面文章和貌似才德的假意最合他们的脾胃。

名誉就像一条河,它能承载的只是轻浮中空之物,却常将沉重坚实之物淹没河底。但是,假如有见识、有身份的人共同称誉某人,就正像《圣经》所说:"真正的美名有如香膏。"它的香气不易消逝,并会向四周播撒。因为香膏的香气比花卉的香气更为持久。

虚情假意的称誉比比皆是,所以有人怀疑称誉是有理由的。有些称誉不过是为了奉承:要是说话的人是一个普通的谄谀者,他就会准备几种通行的套话,对谁都可以拿出来用;要是他是一个奸猾的谄谀者,他就会根据对方最为自得的长处并竭力奉承。但是如果他是厚颜无耻的谄谀者,他就会把最有缺陷、深以为耻的弱点,公然称颂为最高的智慧,百般辩护,全然"不顾自己的良心"。

有些称誉是油然而生,带有善意与尊敬的,这种称誉是我们对帝王或伟人应该表现出的一种礼貌,这就是"以赞为训",

因为赞誉者所颂扬之处正是他们希望君王能够做到的地方。有些人受到称誉，其实是被人恶意算计，为的是引起别人的忌恨，因为"奉承你的敌人才是最凶恶的敌人"。所以古希腊有句谚语说，"被人恶意称赞的人，鼻子上会生疮"①，我们的谚语也有类似的说法："说谎的人舌头上要起疱。"当然，适度的称赞如果用之得时，且不流俗，那自然是有好处的。所罗门说过："清晨一起来就大声称赞朋友，就等于是诅咒那个朋友。"② 把人或事过分夸大，必然会激起反感，引起忌妒与轻蔑。

至于一个人自吹自擂，除了在很特殊的情形之中，都算不上高雅的举动。但如果是夸赞自己的职业或使命，则可以显得优雅并且带些高尚的气度。罗马的主教们都是些资深的神学家、修行僧、经院哲学家，他们非常鄙视世俗的事务，在他们眼里，一切军事、外交、司法及所有其他世俗事务都可以叫作"行政副官的事"，仿佛这些事不过是副官和助理的事一样，但其实这些事比主教们那套深奥的言谈有益得多。圣保罗在自夸的时候，常常会加上一句"请允许我说句狂话"。③ 但是在说到他自己的职业时，他常说的却是："我要敬重我的职分。"④

---

① 此言化自古希腊诗人特奥克里托斯《田园诗》第十二首第二十三、二十四行。
② 见《圣经·旧约·箴言》第二十七章第十四节。
③ 见《圣经·新约·哥林多后书》第十一章。
④ 见《圣经·新约·罗马书》第十一章。

五十四　论虚荣

苍蝇坐在战车的轮轴上,向人们高声叫道:"看我扬起了多高的尘土啊!"这是伊索的一个绝妙寓言。那些爱慕虚荣者就像这样,任何东西,不管是自行产生的,还是由其他更大的动因驱动的,只要他们一插手,就认为是在他们的带领下完成的。喜欢自吹自擂的人,也必定会喜欢结党营私,因为有比较才有炫耀。他们还一定是狂热的,就是为了证明他们华而不实的大话。他们也不能保密,常常成事不足,败事有余。这种人正好应了一句法国谚语:"声音大,成果小。"

吹嘘这种本事在内政事务中是非常有用处的,每当需要制造舆论和声势的时候,他们就是最好不过的吹鼓手。而且,纽提图斯·李维针对安条克和埃托利亚人的事例曾经指出过"对双方分别说谎有时会有更大效果"。比如,一个人斡旋在两位君主之间,意图引诱他们联合起来与第三方交战,那么他就要向一方君主大肆吹嘘另一方的兵力。在两个互不知底细的人之间进行斡旋的人,他会对双方都夸大自己对另一方的影响,结果自然是左右逢源,提高了在两个人心目中自己的声望。这样做的结果往往产生无中生有之奇效,因为谎言足以产生舆论,继而产生力量。

军队将士不可以没有虚荣心。这就像剑与剑可以互相磨砺一样。虚荣心可以让将士彼此激励勇气。在那些要付出相当代价和承担巨大风险的伟大事业中,为了使事业有声有色,可以吸收一些虚荣心强的人，而那些天性老实稳重的人，则更像是一艘大船上的压舱物，而不是风帆。至于学者，如果没有炫耀的羽毛让他的名望得以在天空中飞翔，他也就难以名扬天下，"那些写书说名望如粪土的人，是不会反对把自己的大名印在扉页之上的"。

　　古代的贤哲如苏格拉底、亚里士多德、盖伦等人，也无一不是喜欢夸耀的人。虚荣心确实是人生事业的推动力之一，而才德从来不曾完全仰仗人性，落到间接接受自己应得的东西的地步。西塞罗、塞涅卡、小普利尼的名声多多少少都和他们的虚荣心有关。虚荣心就像油漆一样，它不仅可以使物体显得漂亮华丽，而且能使物体本身得以长久保存。

　　我在这里讨论的虚荣，并不是塔西佗认为的缪西阿努斯的那种性格："他拥有一种能够使他所有言行均得到有力展现的能力。"像这样的性格，并非出自虚荣，而是由于天生的高尚和谨慎，而且这种特性在有些人身上不仅是适宜的，而且也是得体的。道歉、让步以及适度的谦虚本身，如果掌握得当，都只不过是炫耀的技巧而已。而在这些技巧当中，最出色的就是小普林尼所说，"赞赏别人就是褒扬自己，因为别人被你赞赏之外要么比你出色，要么比你逊色。而如果他比你逊色而受到夸奖，那你就更加值得夸奖；如果他比你出色而未受到称颂，那你就更不值得称颂。"

　　对于喜欢自吹自擂的人，聪明的人会轻蔑他们，愚蠢的人会羡慕他们，而寄生者则把他当成偶像，同时他们也是受虚荣心所支配的奴隶。

五十五　论荣誉

荣誉的获得会使个人的美德和价值更加昭然于天下。

有些人醉心功名,虽然公众把他们挂在嘴边,但却很少发自内心地崇敬。而另一些人在展示他的美德时总是会有所顾及地掩盖,所以舆论往往会低估他们的价值。

如果有人能够完成一项事业,是前人从未尝试过,或者尝试过但没有成功,或是成功了却不很圆满,那与完成一项虽然艰巨而高尚,但此前已经有人进行过的事业相比,前者会获得更高的荣誉。如果有人做事讲求中庸,结果他的某项折中的举动使各个党派、政派、教派或者学派都感到满意并可以接受,那么为他唱出的赞歌就会更加圆润。如果一个人并不珍惜自己的名声,那么失败对他的损害将远远大于成功给他的荣誉。最为光彩夺目的荣誉是战胜他人,就像经过切割而光彩四射的钻石。所以应该乐于全力争取战胜任何有声望的对手,只要可能,就在他们最擅长的方面胜过他们,用对手的弓箭射出比对手更远的箭。

谨言慎行的门客和兢兢业业的家仆能为主人赢得良好的名声[1],也就是"主人的名声出自仆人之口"[2]。嫉妒是荣誉的天敌,所以消除他人对自己的嫉妒就是赢得了荣誉,

---

[1] 英谚:"仆人眼中无英雄。"
[2] 见西塞罗《执政官竞选手记》第五章。

方法之一就是表明自己所追求的不是名望而是功绩，并把自己的成就归功于上帝和命运，而不要过分归功于自己的聪明才智。

一个君主的荣耀等级，其合理的层次应该这样排列：第一层次是开国创业的君主，如罗穆卢斯、居鲁士、恺撒、奥斯曼一世和伊思迈一世等；第二层次是创立典章制度的君主，也称"二次开国者"或"万世之君"，因为他们所创立的法典在他们死后依旧发挥效力，如莱克格斯、梭伦、查士丁尼一世、埃德加，以及创立《七法全书》的明君阿方索九世等；第三层次是当国家处于危难之际的"患难之君"或"救国之君"，他们或者结束了内战的艰难困苦，或者领导军民把国家从外族或暴君的奴役下拯救出来，如奥古斯都大帝、韦斯巴芗、奥勒列纳斯、狄奥朵里克、英王亨利七世以及法王亨利四世等；第四层次是"开疆之君"或"卫国之君"，他们或者借助辉煌的军事胜利来扩张领土，或者以崇高的自卫斗争击退了侵略者的进犯；最后一个层次应该是所谓的"民之国父"了，也就是那些勤于政务，治国有方，使他们当政的时代成为太平盛世的君主。这后两类君主人数太多，无须枚举。

与之相应，臣民的荣誉也是有等级的：第一等级是为国分忧者，他们可以辅佐君主处理重大国事，可称得上是君主的左膀右臂；第二等级是军事领袖，例如国君的副官，他们在战争中取得胜利，为国君立下了显赫的军功；第三等级是尽职尽责的亲随，他们可以给君主带来慰藉，又不给人民带来麻烦；第四等级是精干的能臣，他们位于君主之下，居高位且又胜任；

另外还有一种荣誉堪称最高荣誉,不过这种荣誉是难得一见的,就是为了国家的利益而英勇捐躯或使自己身处险境,马可·雷古卢斯和德西乌斯父子便是如此。

五十六　论司法

每一个司法者首先都应当谨记，他们只有解释和实施法律的权力，却没有制定或修改法律的权力。否则，法律本身就形同虚设了，就像罗马天主教会声称所拥有的那种权力。我们可以想想罗马天主教的僧侣们是怎样假借《圣经》之名，对其内容随意加以解释、杜撰甚至歪曲的。

对于法官来说，机敏也好，自信也罢，都比不上学识渊博更加重要，更应该受人尊敬。应该自信不疑，但更应该谨言慎行。至关重要的是，刚正不阿是他们的当行本色。使徒摩西在戒律中说："私迁界石的人必定会受到诅咒。"①而不公的法官把地产的界限划错了，他的罪行比私迁界石者有过之而无不及。应该意识到，一次不公正的裁判，所招致的恶果可能会超过十次犯罪。因为犯罪虽然冲撞了法律，但那不过是污染了水流，而不公正的审判，则是破坏了法律本身，如同污染了水源。所以所罗门曾说："如果谁把善恶混淆、是非颠倒，那么他的罪恶就和在水井和泉水中下毒如出一辙。"②

下面我们来分别讨论一下诉讼当事人、律师、警吏以及君主和国家与司法的关系问题。

第一，关于诉讼当事人。

---

① 见《圣经·旧约·申命记》第二十七章第十七节。
② 见《圣经·旧约·箴言》第二十五章第二十六节。

"有人把审判变成了苦艾",这是《圣经》里的名言。不仅如此,想必还有人会把审判变成变质的酸醋,偏私袒护会使审判变苦,而拖延耽搁则会使审判变酸。法官的主要职责是对暴行和诈骗加以惩治,因为张狂的暴行可以置人于死地,诡秘的诈骗可以谋财害命。至于那些只为鸡毛蒜皮的琐事而打起来的官司,法官们应该将其视为妨碍公务而不予受理。为了可以做出公正的判决,法官首先应该替自己铺平道路,就像上帝可以削下山峰、填满沟壑、铺平大道那样。当遇到一方当事人栽赃诬告、专横跋扈、施计耍奸、合谋串供,并有强势的靠山和强悍的律师可以依仗的时候,法官的高尚德行就在于削山峰填谷地,把控辩双方平等地摆在一起,使自己做出公正的判决。要知道拧鼻子可能会拧出鲜血,而榨葡萄如果用力过猛,榨出的果汁就会有苦涩的葡萄核味道。因此,法官务必要小心,千万不可穿凿附会地解释法律,推理论断也不能勉强,因为这世上危害最大的曲解就是对法律的曲解。

尤其是在解释刑法时,法官更应该当心。刑法旨在以儆效尤,不要把它变成可以滥施的苛刑,别在人民的头顶上铺开《圣经》中说的那张罗网。因为刑法一旦施行过度,就是把法律之网撒向了民众。对于刑法中那些长期没有援引过的条款,或是不能够符合现实情况的条款,一个明智的法官应当懂得慎重地援用,"既要掌握案情本身,又要了解案件背景,这才是一名法官的应尽之责"。[①] 因此在审理命案时,法官(在法律允许的前

---

① 见奥维德《哀歌》第一卷第一首第三十七行。

提下）量刑应以慈悲为怀，以严厉的眼光去看待事情，而用仁慈的目光来看待人。

第二，关于控方和辩方的律师。

审判的一个重要组成部分就是耐心而严肃地听讯。多嘴多舌的法官就像一个没有调好音准的乐器。对法官来说，如果不等时机成熟，就急不可待地询问本该由律师自己主动陈述的事，或者过早地打断证人或律师的陈述，以显示自己的洞察力，又或者是用询问的方法诱供案情，这些行为都是失态并且失职的表现。法官在审讯过程中有四项职分：督导双方举证；控制庭审进度，减少重复及无关的陈述；总结、甄选并审核已做陈述的要点；做出裁决或判决。任何超出这些职分的行为都是过分的，其产生的原因或者是为了炫耀，或者是无心听讯，或者是记忆力不够，或者是不够沉着稳重，或者注意力不集中。

令人费解的是，大胆放肆的律师时常可以左右法官。虽然说起来法官是坐在上帝的审判席上，本应该效法上帝，去"阻挡骄傲的人，恩赐谦卑的人"[1]，然而令人称奇的是，法官居然会偏信一些有名的律师。这样的后果只不过是抬高了这些律师的收费，还会让人们怀疑法院可能在徇私舞弊。当审讯进行顺利、答辩得当的时候，法官有必要对律师表示欣赏和称赞，尤其是对败诉的一方。这样做可以维护该律师在委托人心目中的信誉，同时也可以挫一下对方的锐气。与此相应的，当律师在法庭上油嘴滑舌、丢三落四、举证勉强而又咄咄逼人

---

[1] 见《圣经·新约·雅各书》第四章第六节。

或强词夺理时,法官就有责任对该律师进行一些必要的当众斥责,律师不能与法官争吵,也不能在法官宣判之后又随心所欲地重提此案。但是另一方面,法官也不能以折中的方式来仓促宣判结案,更不应当给当事人留下口实,说他的陈述或证据还没有被法官听取。

第三,关于法庭的警吏。

法律的神圣性,不仅要由法官来体现,而且在法院的四墙之内都不允许有贪赃舞弊的丑行。《圣经》上讲,"在荆棘丛中觅葡萄是不会有结果的"[①]。同样,法官如果被贪赃枉法的警吏所包围,也绝不可能在这里结出公正的果实。法院的警吏易受四种恶势力的影响:第一种是专门挑起诉讼以求谋利的讼棍,这种人可使法院逐步增加,但却使国家日渐衰弱;第二种是那些老使法院卷入司法管辖权争论的政客,这种人实际上不是法院的朋友,而是法院的寄生虫,他们鼓吹扩大司法管辖权是为了他们自己的私利;第三种是那些也许可被视为"法庭之左手"的人,这种人刁钻狡猾,满肚子阴谋诡计,并能借此颠倒黑白,误导法庭,从而使审判误入歧途,走进迷宫;第四种是那些敲诈诉讼费的家伙。有人把法院比作灌木丛,当有困难的人像躲避风雨的羊一样钻入其中时,难免会被刮伤皮毛。而如果这种人充斥于法庭,那么刮伤的恐怕就不仅是皮毛那么简单了。相对而言,如果法官有正直而且富有经验的助手,就是难能可贵了,他们甚至能为法官指点迷津。

---

① 见《圣经·新约·马太福音》第七章第十六节。

第四,关于与君主以及政府的关系。

古罗马十二铜表法的最后一条是每一位法官都应该首先记住的:人民的幸福就是最高的法律。法官们也应该懂得,若不以保障人民的幸福做目标,法律将会成为刁难人的陋规,是没有得到神灵启示的神谕。因此国家的君主和政府经常与司法者协商,而司法者也经常和君主以及政府商量,这是国家的一大幸事。前一种协商出现在司法有碍于政务的时候,而后一种协商,往往是在政府的某种考虑有碍于实施法律的时候。

尽管只是归属权引起诉讼的争端,但争端的起源及后果却可能关系到国家的核心问题。我所说的核心问题不仅指君权,而且包括任何有可能导致重大变故与产生危险的事件,或对大部分国民都有明显影响的问题。任何人都不该轻率地认为,公正的法律和合理的国策会背道而驰,因为二者就像精神和肉体,思想和行动,应该协调一致。

所罗门王的宝座两边有雄狮护卫。法官们应该记住,它们是雄狮,但必须是王座下的雄狮,必须时时刻刻都谨慎行事,不要约束或妨碍君主行使权力。此外,法官们不能对自己的授权缺乏了解,他们所担负的主要职责就是明智地运用和实施法律。

法官们恐怕都应该记得,圣保罗在谈到一部伟大的法律时说:"我们都知道法律是天经地义的,但关键是司法者要依法行事。"①

---

① 见《圣经·新约·提摩太前书》第一章第八节。

五十七 论愤怒

彻底消灭愤怒的情绪,那只不过是古希腊斯多葛派学者们的豪言壮语。对此,我们有更高明的神谕:"你们可以发脾气,千万不要因为这脾气而犯罪,也不可为此生气到日落。"[①]

必须把愤怒在程度上和时间上都加以限制。我们首先谈谈怎样使愤怒的冲动变得缓和;其次再来讨论怎样抑制愤怒的行动,或者至少是让它受到克制,而不至于惹祸;最后我们将谈到怎样激怒别人或者让人息怒。

关于第一点,除了仔细考虑针对发怒的后果及其对正常生活的破坏,别无他法。最好的方法是认真的反思和省察。这么做的最佳时机,就是在怒气完全平息之后。塞内加说得好:"怒气就像坍塌的建筑,倒在地上把自己摔得七零八落。"[②]《圣经》教导我们"要保全灵魂,就必须常存忍耐"[③],无论是谁,失去了忍耐,就会丢掉了灵魂。就像蜜蜂一样,"在蜇人的伤口上牺牲掉自己的生命"。[④]

愤怒的确是一种可鄙的情绪,因为老弱病残和妇幼最容易受到它的摆布,而它又偏偏爱出现在这些最脆弱的人身上。但

[①] 见《圣经·新约·以弗所书》第四章第二十六节。
[②] 塞内加《论愤怒》第一章第一节。
[③] 见《圣经·新约·路加福音》第二十一章第十九节。
[④] 维吉尔《农事诗》第四卷第二百三十八行。

是，万一免不了要生气时，要表示鄙夷而不可恐惧，这样可使自己所受的伤害小一些。这一点做起来并不难，只要将上述方法当作行动准则就可以了。

关于第二点，有三种人最容易发怒：首先，是过于敏感的人，他们的神经太脆弱，一点儿小事就足以惹火他们，而这些事对性格坚强者则无甚影响；其次，是认为自己受到蔑视的人，被人蔑视最容易激起愤怒，其效果远胜于其他的伤害，因此如果一个人敏于发现自己被蔑视，就常常发怒；最后，是那种认为名誉被舆论损害的人，同样容易被激怒。要防止这种情况的发生，就需要给自己多一点儿信心，就像高德瓦①所说"一个更厚实的荣誉保护层"。

最有效的制怒方法就是在受到伤害后等待时机、克制和忍耐，把复仇的希望寄托在将来，目前只能平心静气，等待秋后算账。

为了不惹祸，有两点在愤怒时千万要注意：第一，是不可以恶语伤人，尤其不可用尖酸刻薄、切中要害的言辞（谩骂倒不要紧）；第二，是不可因为愤怒而情不自禁地泄露他人的隐秘，这会失去他人的信任。另外，切不可一气之下就撂挑子。总之，无论在情绪上如何愤怒，在行动上一定要避免造成无法挽回的后果。

至于故意诱使一个人动怒，首先就要选择好时机，通常要在对方心情最糟、最容易发火时激怒他们，另外再用你所能使

---

① 西班牙著名将军，一生战功卓著。

用的一切手段来加重对方受辱的感觉。而让一个人息怒，办法正好相反，也就是说，如果要向某人讲述某件可能会令他生气的事情，一定要选在他心情好的时候开口。另外还要尽可能地使他觉得他受到的伤害中没有任何轻蔑的成分，或把伤害归结于误解、恐惧、冲动或任何能够推脱的其他理由。

五十八　论变迁

所罗门说："世界上没有新的事物。"①柏拉图也有一句类似的格言："所有的知识都只不过是回忆。"②所罗门的说法是："一切新事全是遗忘。"由此可见，勒忒河③不但在地府里流淌，也在人世间流淌。有一位玄妙的占星术士④也曾总结说："只有两件事永恒不变：一是恒星之间永远保持着确定的距离，它们永不靠近，也永不远离；二是这种周日运动是永远守时的。除此之外，万事万物皆电光石火，不能有片刻的存续。"

毋庸置疑，万物不断变化，新陈代谢，永不停歇，把一切埋进遗忘之中的大裹尸布有两种：地震与洪水。至于火灾与旱灾，似乎并不能将人类完全毁灭，只能造成破坏。太阳神之子驾车狂奔，也不过只跑了一天；伊利亚时代的大旱也不过只有三年；至于西印度群岛上神秘的天火，燃烧的范围毕竟也是有限的。进一步指出的是，虽说在毁灭性的洪水和地震中也有人逃生，但幸存者往往都是些无知无识的山民，他们不可能对过去做任何记载，结果就和无人幸存一样，所有往事都被湮没在遗忘之

---

① 见《圣经·旧约·传道书》第一章第九节。
② 柏拉图《对话集·裴多篇》。
③ 勒忒河是希腊神话中冥国之忘川，入冥国之鬼魂饮一口忘川水就会忘却人间世事。
④ 意大利哲学家泰来西奥，著有《物性论》。

中。如果我们仔细研究西印度①的历史，就会发现这段历史似乎还很短。很可能现在的土著就是某场地震或洪水的幸存者。曾经有一位埃及僧人告诉梭伦："大西岛在一次地震后被海水吞没了"②，尽管在那个地区地震似乎并不多发。另一个角度看，西印度的河流水势浩大，旧大陆上的大河与之相比不过是小溪。那里的山峰，例如安第斯山，也比我们的山高得多。假如没有这些高山，当地那些居民可能早已被淹没在洪水中无数次了。

我对马基雅弗利的看法不以为然。马氏认为往事会被人类遗忘主要是因为宗教相争，他甚至诬蔑教皇格列高里一世曾倾尽全力消灭异教的古迹和传统习俗。但我认为宗教狂热不会有那么大的作用，也不可能持续很长时间，譬如紧随格列高里之后的教皇萨比尼安就曾经复兴多神教的风俗习惯。

本文不宜讨论天体的变化。如果世界有足够长的寿命，柏拉图所谓的"大年"或许会发挥一些作用，不过这作用不是使人们死而复生，而是改天换地，使世界万象更新。毫无疑问，彗星对于一般的事物是有作用和影响力的，但世人只是在彗星出现时感到惊异并观察它们划过的痕迹，而不能明察它们的影响，尤其是它们具体的作用：出现的是哪种彗星，它的大小、颜色、光线变化，以及在天空中的位置、持续时间的长短以及会产生哪些后果。

曾经有这么一件小事，我不想让人们把它遗忘，而想叫大家略加注意。据说在低地国家有一种说法，种类和次序相

---

① 指新发现的美洲。
② 关于梭伦在埃及的十年游历，希罗多德和普鲁塔克都有记载。

同的年景和气候每过三十五年就要重现一次,例如,大冰冻期、大涝期、大旱期、暖冬、凉夏等,而且他们称此现象为"复初",我之所以愿意提及此事,是因为我也发现了某些巧合或者相符的地方。

我们先撇开天象,再来谈谈人世间的演变。宗教变革是人世间最重要的变革。因为宗教是人类灵魂的支配者,真正的宗教必然具有坚如磐石的基础,而其他各种异教则不过是漂浮于时间海洋中的泡沫而已。至于新的教派需要什么条件才能兴起,我也想在这里谈谈我的看法,以期人类的微弱的识别力能制止如此巨大的变更。

当人们对现有的教义产生分歧时,尤其是主教们及其他宗教领袖的生活腐败、行为不检,或这个时代充满了野蛮和愚昧时,只要有人起来倡导,一种新的教派就可能建立起来。穆罕默德当年就是这样做的。但新教派若不具有以下两种特性,世人对其就不必担心,因为它不可能广为传播。这两种特性之一是要取代或反对已确立的权威,须知最得民心的行为莫过于此;其二是允许教派过一种可花天酒地、寻欢作乐的生活,纯理论的异端邪说(如古时的阿里乌派和当今的阿米尼乌斯派)虽然也能蛊惑人心,但却无力造成政局的重大变化,除非他们借助于政治活动。

树立一个新的教派可以有三种方式:一是借用神迹和奇迹;二是依靠雄辩而又明智的布道;三是凭借武力。至于以身殉教,我将它也归入奇迹一类,因为殉教行为似乎超越了人性的力量。同样,至善至美的圣洁生活也可以归为奇迹。

无可置疑，要防止新教派的出现，教会必须革除那些陈规陋习，实行温和政策，调和小的争端，放弃血腥迫害，招安发起人运用说服和提拔的办法加以争取，而不要用暴力和仇恨的手段激怒。

战争是变化无常的，但主要应该考虑的不外乎三个方面：一是发生战争的地点；二是兵器；三是打仗的战略战术。古代的战争，似乎总是从东向西打，因为作为侵略者的波斯人、亚述人、阿拉伯人、鞑靼人都是东方人。当然也有例外，高卢人是西方人，但据我们所知，他们的侵略只有两次，一次是到加拉西亚，另一次是到罗马。但所谓东方和西方并没有明确的分界线，因此，打仗也不可以绝对地说是自东向西或从西至东。不过，南方与北方却是确定的，并且自古以来，南方人入侵北方，是罕见或者没有的，而相反的事例倒是非常多。由此可见，世界的北部是天性好战的区域，这或许是由于星宿的原因，也可能是由于北半球有广阔的大陆。而南方则以海洋面积广大而著称。最显而易见的是，由于北方气候寒冷，那里的人不训练依然会身强力壮、血气旺盛。

当一个大国处在分崩离析、风雨飘摇之时，战争肯定会爆发。庞大的帝国在强盛之时，往往都会削弱或取消它们所征服的各民族国家的武装，整个帝国的防御都依靠统一的帝国军队。所以，当帝国开始日渐衰微，一切土崩瓦解，逐渐成为外族人掠夺的对象。罗马帝国衰亡时，情形就是这样。查理大帝之后的查理曼帝国亦是如此，群雄竞起，各自为政。如果西班牙帝国走向分裂，那么它的结局也绝不会例外。几个王国的结盟与合并也同样会导致战争,因为当某个国家变得过于强盛时,它就势必会成为一场泛滥的洪水。这种情形在罗马、土耳其、西班牙和其他帝国的历史上都不断地发生过。

当这个世界上只有极少数未开化民族时,而且,当他们大多数不知道先进的谋生手段而因此不愿结婚成家或生儿育女时,这个世界并没有什么人口泛滥的危险。但如果人口众多的民族不断繁衍生息而不做好国计民生的筹划,那么每隔一两代人他们就必然要将一部分人口迁往其他地方。古代北方民族曾经用抽签的办法来决定这种迁徙,也就是根据抽签来决定哪些人可以留下,而哪些人则要背井离乡去自谋生路。[①] 当一个先前崇尚武力的国家日薄西山时,它也肯定会招来战争,因为这种国家的武备走下坡路时往往会在经济上变得非常富足,所以早就成了别人垂涎已久、一心想吃掉的肥肉,因此它在军事上的衰微必然会招致其他国家的侵扰。

至于兵器的演变,可以说是没有定论的。它们既有反复又有变迁。印度的奥克斯拉斯城的人早就有了火炮,马其顿人则把火炮称为雷电和妖术[②]。而在中国,火药的使用已经超过两千年,这也是众所周知的。关于兵器的特点及其改进,首先,为了减少危险,射程要足够远,这从火炮和滑膛枪的设计就可以看出来;其次,攻击力要大,也就是说要比所有攻城的武器和古代发明都更加有效;最后,使用起来要方便,不管在任何天气情况

[①] 相传最初从北方迁徙不列颠的盎格鲁人和撒克逊人即是用抽签的方法从他们的部落中选出的。

[②] 关于印度人使用火炮一说并无正典记载。

下都可以正常使用，而且要方便搬运、操作简单等。

说到战略战术的变迁，起初人们主要是靠兵力与勇气，完全依赖人数作为制胜的关键。交战的地点和时间他们事先约定好，决战在公平的情况下进行。那时人们还认识不到排兵布阵的重要性。后来，兵不在多而贵在精的道理才被人们慢慢认识，知道运用抢占有利的地形、设计诱敌一类的计谋，并且在兵力部署上也更加熟练。

对于一个刚刚建立的国家来说，军备往往是最受重视的，而在一个已经成熟的国家，最受重视的是学术。随之而来的，通常是一个军备和学术二者共同发展的时代，等到这个文武昌明的时代积累到一定程度，工商业便会随之兴盛起来。学术也从处于萌芽稚嫩的童年时代，步入一个茁壮成长、意气风发的少年时代，然后就到了精力旺盛、厚积薄发的壮年时代，当然最终会走向枯竭萎缩的老年时代。然而，世道沧桑是一个轮回，盯着它看太久，除了会使人头晕眼花，又有什么好处呢？至于传说中轮回的运行原理，那不过是一个神话套着另一个神话的循环罢了。

经典文学名著

书名	作者
童年・在人间・我的大学	〔苏〕高尔基
巴黎圣母院	〔法〕雨果
昆虫记	〔法〕法布尔
格列佛游记	〔英〕斯威夫特
基督山伯爵	〔法〕大仲马
名人传	〔法〕罗曼・罗兰
简・爱	〔英〕夏洛蒂・勃朗特
飘	〔美〕玛格丽特・米切尔
莫泊桑短篇小说精选	〔法〕莫泊桑
汤姆・索亚历险记	〔美〕马克・吐温
泰戈尔诗选	〔印度〕泰戈尔
假如给我三天光明	〔美〕海伦・凯勒
希腊神话故事	〔德〕施瓦布
茶花女	〔法〕小仲马
瓦尔登湖	〔美〕梭罗
欧・亨利短篇小说精选	〔美〕欧・亨利
欧也妮・葛朗台	〔法〕巴尔扎克
契诃夫中短篇小说精选	〔俄〕契诃夫
爱的教育	〔意〕亚米契斯
呼啸山庄	〔英〕艾米莉・勃朗特
堂吉诃德	〔西〕塞万提斯
海底两万里	〔法〕儒勒・凡尔纳
复活	〔俄〕列夫・托尔斯泰

经典文学名著

书名	作者
大卫·科波菲尔	〔英〕狄更斯
培根随笔集	〔英〕弗兰西斯·培根
傲慢与偏见	〔英〕简·奥斯汀
神秘岛	〔法〕凡尔纳
红与黑	〔法〕司汤达
汤姆叔叔的小屋	〔美〕斯托夫人
钢铁是怎样炼成的	〔苏〕奥斯特洛夫斯基
三个火枪手	〔法〕大仲马
安娜·卡列尼娜	〔俄〕列夫·托尔斯泰
福尔摩斯探案集	〔英〕柯南·道尔
老人与海	〔美〕海明威
哈姆莱特	〔英〕莎士比亚
莎士比亚悲剧喜剧集	〔英〕莎士比亚
安妮日记	〔德〕安妮·弗兰克
百万英镑	〔美〕马克·吐温
战争与和平	〔俄〕托尔斯泰
悲惨世界	〔法〕雨果
源氏物语	〔日〕紫式部
猎人笔记	〔俄〕屠格涅夫
呼兰河传	萧 红
朝花夕拾·呐喊	鲁 迅
骆驼祥子	老 舍